Une sacrée salade

Jacques Laurent
de l'Académie française
(Cecil Saint-Laurent)

UNE SACRÉE SALADE

La Table Ronde
26, rue de Condé, Paris 6e

editionslatableronde.fr

CARTE NOIRE À JÉRÔME LEROY

Cecil Saint-Laurent, auteur de roman noir ? Vraiment ? Et pourquoi pas ? Jacques Laurent, quand il utilisait ce pseudonyme, convoquait ce qu'il y avait de meilleur dans la littérature populaire. Grâce à Cecil Saint-Laurent, nous avons revisité l'histoire de France : la Révolution et l'Empire avec Caroline, la Première Guerre mondiale avec Hortense, la Seconde avec Clotilde et celle d'Algérie avec Bernadette. C'était pour nous un autre Dumas qui aurait pu utiliser la même formule que l'auteur des Trois Mousquetaires *: « Il est permis de violer l'histoire à condition de lui faire de beaux enfants. » Et grâce à Jacques Laurent, encore, nous avons aussi connu les plaisirs démodés de la littérature aimablement érotique avec les blondes en série des années 50 et les bourgeoises mutantes des années 70.*

Pourquoi, sachant cela, Cecil Saint-Laurent ne se serait-il pas prêté au jeu du roman noir ? On oublie trop souvent, dans la biographie de Jacques Laurent, que c'est Cecil qui obtint en premier un prix littéraire, celui du Quai des Orfèvres en 1953 pour Sophie et le crime. *Encore aujourd'hui, ce prix remis par un jury de policiers couronne un manuscrit inédit pour son réalisme dans la description du fonctionnement de la police et la crédibilité de son intrigue. Ce genre de critères ne donne pas forcément de bonnes choses parce que les policiers à la retraite ne font pas forcément de bons romanciers. En 53, un membre du jury, accablé par la nullité des textes reçus, propose à Jacques Laurent de donner un manuscrit. On raconte qu'il aura suffi à Cecil Saint-Laurent de quelques heures passées au 36 et de quelques jours de travail pour écrire* Sophie et le crime *qui emporta le prix haut la main.*

Une sacrée salade, *que nous vous proposons ici, paraît à La Table Ronde en 1954, un an après* Sophie et le crime. *Avec un titre comme celui-ci, on est dans le clin d'œil plus ou moins explicite aux Séries Noires de l'époque qui surjouent la familiarité aimable, l'argot compréhensible, la désinvolture rigolarde. Quelques exemples de la cuvée 1954, époque Marcel Duhamel :* Razzia sur la chnouf, N'y mettez pas votre nez, Faites danser le cadavre, Sur un air de Navaja. *On voit bien l'air de famille.*

*Mais ce n'est pas seulement pour cela qu'*Une sacrée salade *peut être qualifié de roman noir sans qu'il y ait abus de confiance. On ne le répétera jamais assez, le roman noir, contrairement au roman policier, est un roman de la critique sociale. Il s'agit d'appuyer là où ça fait mal dans une société et de montrer des hommes et des femmes qui ne sont plus vraiment certains de trouver la frontière entre le bien et le mal parce que tout ça n'est plus très clair.*

Qu'est-ce qui peut encore faire mal dans la France de la IVe République, au mitan des années 50, une France plutôt insouciante au cœur de ce qu'on appellera plus tard, avec nostalgie, les Trente Glorieuses ? La jeunesse, comme d'habitude. Cette jeunesse qu'on ne comprend pas, aux mœurs étranges, aux revendications scandaleuses. Une jeunesse qui ne se sent pas forcément très bien après une guerre mondiale pleine de héros et de salauds, de figures écrasantes en bien comme en mal. Le phénomène intrigue, des deux côtés de l'Atlantique d'ailleurs : en 1955, Nicholas Ray en donnera une version iconique dans La Fureur de vivre *avec James*

Dean jouant le rôle de Jim Stark, éternel rebelle sans cause à peine sorti de l'adolescence.

Cecil Saint-Laurent, lui, en observe la manifestation hexagonale à travers le personnage de Claude-Andrée-Pénélope Racan, dite Peny. Elle a vingt-deux ans, elle est montée à Paris depuis Besançon, elle a entamé des études de droit qu'elle a abandonnées. Pourquoi cette jeune fille de bonne famille se retrouve-t-elle dans le bureau 353 du Quai des Orfèvres, par un jour lumineux de printemps, face à l'inspecteur principal adjoint Forbin ? Vol à l'étalage ? Drogue ? Même pas. Pour un avortement. Nous sommes en 1954. La France a alors une législation des plus sévères sur cette question. Il faudra attendre encore une génération avant la loi Veil et, il n'y avait pas si longtemps, Vichy envoyait les avorteuses à l'échafaud.

Il se trouve que Jacques Laurent, plutôt catalogué à droite, a toujours été extrêmement en avance sur les préjugés de son temps. La liberté sexuelle, comme toutes les autres, n'était pour lui pas négociable. Au questionnaire de Proust, à la question de « la réforme la plus admirée », Laurent répondra : « La légalisation de l'avortement ».

Comme nous sommes dans un roman noir, la question n'est pas de savoir si Peny a avorté, le lecteur en est certain dès le début et sait que ça ne se terminera pas bien pour la jeune fille. Non, la question est de savoir si elle avouera. Et même de savoir si l'inspecteur Forbin, qui mène l'interrogatoire, a vraiment envie qu'elle avoue, cette gamine qui tour à tour l'exaspère, le séduit, l'effraie ou éveille en lui des sentiments paternels.

Une sacrée salade *est donc un huis clos entre ce flic plutôt très humain et cette fille plutôt désemparée, qui mélange cynisme et candeur, mélancolie et colère. Ce que saisit parfaitement Cecil Saint-Laurent, c'est à quel point chacun est obligé de jouer le rôle auquel la société l'assigne de manière absurde. L'adjectif aurait fait frémir Jacques Laurent mais, en plus d'être un roman noir parfaitement tenu, restituant aussi bien que chez Simenon les atmosphères d'un commissariat,* Une sacrée de salade *est, à sa manière, un grand roman existentialiste.*

CHAPITRE PREMIER

Pneumatique.

Docteur Danieli, 1, avenue de Tourville, Paris.

« Six heures.

« Docteur,

« Je ne sais pas si tout se passe comme vous voulez. Vous m'aviez prévenue de certaines choses, mais c'est une véritable hémorragie et qui ne cesse pas. J'en ai mon compte. J'ai envoyé téléphoner mais ça ne répond pas chez vous. Je n'ose pas appeler un autre médecin. Je suis peut-être ridicule, mais venez.

« J'ai 39°7.

« Croyez, Docteur, à l'expression de mes meilleurs sentiments.

« PÉNÉLOPE. »

L'inspecteur principal adjoint Forbin, avant de rentrer le pneumatique dans le dossier, en regarda les cachets : 5 janvier 1954. On était le 8 avril. La lettre datait de trois mois. Il fut surpris par la sottise de l'idée qui lui était venue en levant le nez vers la fille assise en face de lui : « En tout cas, elle ne saigne plus. Si elle saignait depuis trois mois, elle serait morte. »

C'était idiot, puisque le vrai problème était : va-t-elle s'allonger ? Au commissariat de police du XIVe, Claude-Andrée-Pénélope Racan avait tenu bon. Son interrogatoire était là. Oui, elle connaissait le docteur Danieli. Non, elle l'avait rencontré dans une soirée et il avait essayé de la convaincre des vertus de l'homéopathie. Oui, il l'avait soignée épisodiquement. Non, les troubles dont il l'avait guérie n'avaient rien à voir avec la gynécologie. Peut-être, mais la police avait-elle le droit de s'immiscer dans les maladies privées d'une citoyenne libre ?

« Toi, pensa-t-il, tu es une petite dure. »

Il l'observa. Des yeux bleus que l'on remarquait d'abord dans le visage parce qu'ils étaient grands et beaux et contrastaient avec les cheveux noirs, naturellement bouclés, qui s'éparpillaient en mèches lourdes sur son front. Elle avait un air d'extrême vivacité, de gaîté naturelle même. La bouche était lourde et s'ouvrait violemment sur des dents très blanches quand elle parlait. Ils se regardèrent.

— Je ne vais pas vous ennuyer avec votre interrogatoire d'identité, dit l'inspecteur. On vous l'a déjà fait passer au commissariat.

Rêveusement, elle cacha sa lèvre supérieure sous sa lèvre inférieure. Puis :

— Ouais.

Il se demanda si ce « ouais » était une insolence préméditée ou l'un de ces tics que l'on acquiert facilement dans une bande.

Tous deux écoutèrent la sirène d'un remorqueur remplir la Seine. Un agent de police alla repousser la fenêtre. Protestations. Dans cette grande salle rectangulaire, derrière sept tables, il y avait sept policiers. Devant les sept tables, sept êtres humains qu'on interrogeait, qui avaient des menottes ou qui n'en avaient pas, qui étaient inculpés ou qui étaient témoins, qui seraient inculpés ou qui seraient renvoyés chez eux. Sept contre sept. Sept qui étaient là parce qu'il était plus de neuf heures et que leur service l'exigeait. En face d'eux, sept qui auraient préféré être ailleurs. Sept qui étaient là parce qu'ils avaient suivi les Cours de l'École Universelle, opté pour la police après avoir été quatre ans tirailleur au Maroc, un ancien garde mobile, un jeunot qui suivait des cours de licence en droit pour essayer de devenir commissaire, un entre deux âges, qui portait un foulard de soie comme dans le Milieu et qui aurait pu remplacer au pied levé un mac ou un drogueur, comme un avocat peut remplacer un juge en cas d'absence. Forbin, de tous, était le plus rassurant. Une trop bonne gueule pour un flic, un trop bon tweed pour un fonctionnaire. Forbin savait qu'il avait une bonne gueule. Il lui arrivait de se demander s'il n'était pas un salaud à cause de sa bonne gueule. Son remords, c'était l'histoire du jeune marin qui avait tué la cartomancienne, rue de la Gaîté. Le marin avait bien tenu le coup. En témoignait son visage, dont les arcades sourcilières étaient lisérées de violet et les lèvres coupées, quand on l'avait livré à Forbin. Vingt ans de travaux forcés. Et Forbin penserait toujours : « Il a avoué parce que j'avais une bonne gueule. » Est-ce qu'il n'y a pas escroquerie à faire un métier, quand on a le visage d'un autre métier ? Forbin avait un visage de copain, et il était policier.

Il mit toute son honnêteté à serrer les narines, à durcir les lèvres, à alourdir les yeux.

— Vous rappelez-vous la date exacte à laquelle vous avez connu le docteur Danieli ?

Les yeux de Claude-Andrée-Pénélope bougèrent dans un visage immobile. « Elle ne réfléchit pas, pensa-t-il, elle s'affole, déjà. » Une seconde, il s'attendit à ce qu'elle réponde : « Eh ! bien oui, il m'a fait ce que vous pensez, et après ? »

Décidée, elle fit non avec la tête.

— Non ?

— Non.

Elle tira un mouchoir de son sac et se mit à en mordiller le coin. Ses lèvres avaient l'air de rire. On rouvrit la fenêtre et un rai de lumière d'avril trancha dans le gris de la pièce. Forbin alluma une cigarette.

À deux pas d'eux l'autre inspecteur résumait la situation :

— Sur ce, vous vous êtes rendu aux entrepôts Réaumur & Fils où vous vous êtes fait passer pour le représentant de la filiale des Aciéries ?

De l'autre côté de la table l'homme assis courba une lourde tête pour acquiescer. Il gardait ses poignets l'un près de l'autre, bien qu'on lui eût retiré ses menottes, comme autour d'une table les chaises de fer, à la terrasse d'un café, fossilisent le souvenir d'une discussion nocturne de jeunes gens passionnés par l'avenir de l'humanité.

— Vous ne tenez pas un carnet ? demanda Forbin.

— Vous voulez dire un journal ? J'en tenais un quand j'avais seize ans. Le jour où je l'ai trouvé idiot je l'ai brûlé.

— Je veux dire un carnet, répéta Forbin. Un carnet où on marque ses rendez-vous… Pourquoi faites-vous semblant de ne pas comprendre, je parle français ?

Mauvais, il exigea :

— Ouvrez votre sac.

— Je suis interrogée comme témoin. J'ouvrirai mon sac quand j'aurai besoin de quelque chose qui se trouve dedans.

Forbin lui sourit :

— Remarquez que je n'ai pas oublié vos antécédents. Vous avez fait deux ans de droit. Mais au cours de ces deux ans les jeunes filles n'apprennent en général que les formules exigées par le Droit romain pour la libération d'un esclave. Vous, au moins, vous savez que je n'ai pas le droit de perquisitionner dans le sac d'un témoin. Mais j'ai le droit de considérer qu'un témoin me ment. Vous êtes en train de me mentir en essayant de me faire croire que vous n'avez pas un carnet de rendez-vous.

— J'en ai un.

— Vous en aviez un l'année dernière quand vous avez fait la connaissance du docteur ?

— Oui.

Elle changea de position et croisa les jambes. Elle tenait toujours son sac à deux mains comme si l'inspecteur, en dépit du droit, allait s'en saisir. Il se demandait quelle tête elle avait eue lorsqu'elle avait envoyé le pneumatique au docteur, toute saignante dans son lit. Il imagina les boucles un peu plus collées au front par la sueur et les lèvres absolument sans fard, d'un dessin plus vrai. Et les mêmes beaux yeux.

— Je l'ai jeté, dit-elle.

« Jeté » avait été dit avec méchanceté. Comme si elle avait pensé « Je l'ai tué ». « Elle n'aime pas son passé », pensa Forbin. Puis il s'en voulut de la croire. Elle n'avait rien jeté du tout.

— Et votre mémoire, vous l'avez jetée ?

— Non. Je me rappelle très bien que j'ai rencontré pour la première fois le docteur Danieli à mon retour de Toulon, en octobre.

— Il y a six mois ?

— À peu près, comptez vous-même.

Sans raison, elle serrait les maxillaires.

— C'est vrai, poursuivit-elle, c'est vous que ça intéresse. Moi, je m'en fous.

Il demanda :

— Vous ne vous rappelez pas la date exacte ?

— Non, et je ne vois pas l'importance.

Il faillit lui répondre : « À chacun son métier. » Un policier ne se rappelle jamais combien il a fait d'interrogatoires. Il ne connaît que le nombre de ses arrestations, et chaque année, il se dit : « J'ai fait sept crânes, j'en ai fait vingt et un. » C'est dans son dossier. « J'ai dû faire quatre mille interrogatoires, pensa Forbin. Il y en a qui savent faire la cour, moi, je sais interroger. » Les romanciers qu'il avait lus dans les trains, les philosophes auxquels il s'était initié à cause du bachot de sa fille, l'étonnaient, comme l'étonnaient encore les gens du monde. Il les soupçonnait de vivre dans un monde particulier où les sexes étaient tout petits, les réserves infinies, où chacun jouerait à se trouver des raisons qui ne fussent pas les bonnes. La psychanalyse, notamment, le ravissait. Il imaginait le duel d'un inspecteur de la P.J. et d'un psychanalyste et l'idée de ce duel le faisait toujours rire. Il hésita à l'envie d'expliquer à Claude-Andrée-Pénélope qu'à la base d'une enquête concernant les rapports de deux individus il y a forcément une date – précise – et un lieu – précis. En soi, ils ne sont rien. Ils sont le caillou. Le caillou qui tombe dans l'eau et qui fait des ronds tout autour. Ce caillou, c'était la phrase qu'il attendait : « Le tant du mois d'octobre 1953, j'ai rencontré, au tant de la rue Machin, le docteur Danieli, chez un ami commun, nommé X. » D'ailleurs, il n'aimait que les romans qui commençaient ainsi. Le soir, dans son lit, il goûtait une véritable volupté à lire : « Le 6 décembre de l'an de grâce 1572, trois cavaliers, à huit heures du matin, s'arrêtèrent devant la porte Saint-Denis qui, pour des raisons mystérieuses, était encore fermée. »

— J'ai rencontré le docteur chez des amis… enfin, pas chez des amis. Si on veut, c'était une soirée qui ne voulait pas finir. On était tous allés chez un ami qui habite l'hôtel. Sa voisine a crié parce qu'on faisait trop de bruit. Elle était malade et…

— Et c'était une cliente du docteur Danieli ?

Claude-Andrée-Pénélope s'arrêta en sursaut. « C'est cuit, pensa Forbin. Elle prenait le départ et je l'ai bloquée en collaborant à l'histoire. » Ce malheur lui arrivait parfois. Et il pensait à sa grand-mère, à sa cousine et à lui, dans une chambre de province, au parquet sentant la cire, aux rideaux demi-tirés contre le soleil, qui y maintenaient une subtile odeur de moisissure, aux gravures encadrées que l'on ne voyait plus pour les avoir trop vues. Impatient, il criait : « Et alors Edmond Dantès se fait une échelle de corde avec ses draps, et… » Ainsi disant, il avait tout gâché. La grand-mère déclarait que puisqu'il connaissait *Monte-Cristo* il était inutile qu'elle racontât comment il s'était évadé du château d'If. De cette époque il avait gardé une manière de sauver les choses : se taire. Une minute après, la grand-mère ajoutait d'un air hargneux que, d'ailleurs, Edmond Dantès ne s'était pas sauvé avec ses draps. Finaude, elle parlait d'un sac. Il suffisait alors de feindre l'incrédulité et retentissait, poussé par la grand-mère, le cri qui les faisait frémir, sa cousine et lui, le cri d'Edmond Dantès projeté de cent pieds de hauteur dans le sac mortuaire et découvrant qu'au château d'If, c'est la mer qui sert de cimetière.

— Non, reprit-elle, la voisine se soignait toute seule. Le docteur Danieli, c'était Alain qui le connaissait.

CHAPITRE II

Les policiers ont le goût des noms propres. Ils aiment moins les prénoms qui, comme l'hindouisme, ne prêtent qu'à des approximations confuses. Forbin était heureux d'avoir appris l'existence d'un Alain. Il eût préféré un Alain muni d'un nom de famille. Bien que le nouveau venu fût une trouvaille et ne figurât pas dans le dossier, il l'entrouvrit avec assurance en murmurant :

— Ah ! oui, Alain…

Comme on amorce une pompe, il répéta ce prénom. Il jouait à la fois sur la vieille ruse grossière du « Je le sais déjà, donc vous pouvez me le dire » et sur la puissance de l'association verbale. Un prénom et un nom s'associent jusqu'à ne faire qu'un bloc que la langue a tendance à reconstituer.

— Alain Bergère, murmura-t-clle.

— Oui, c'est ça, improvisa Forbin. Ce nom de Bergère m'aurait même amusé, d'autant que sur la photo du dossier, il ne ressemble guère à une bergère.

Elle avait ouvert la bouche. Un sourire plissa ses paupières. Son visage, aussi vite, se referma.

— Je parierais, proposa Forbin, que vous lui avez fait une plaisanterie de ce genre-là, sur son nom, la première fois que vous l'avez vu.

— C'est curieux, la première fois qu'on a vu les gens, c'est ça qui a l'air de vous passionner.

L'un des ressorts de l'interrogatoire est la cordialité. Il ne faut pourtant pas se laisser manger dans la main par l'interrogé.

— Je suis ici pour apprécier vos actes, dit Forbin.

Le nez de Claude-Andrée-Pénélope se fronça. Il crut qu'elle allait pleurer mais il comprit qu'elle avait envie de rire pendant qu'il ajoutait :

— Et vous n'êtes pas ici pour juger de mes curiosités, mademoiselle.

— Je me le demande, pourquoi je suis ici.

Frapper le grand coup ? Continuer de tourner autour… Forbin regarda sa montre. Elle marquait neuf heures et demie, or, il était plus de dix heures, certainement. Il la porta à son oreille pour s'assurer qu'elle était bien arrêtée. La jeune fille inclina sa tête sur son épaule et loucha pour consulter, élevée à la hauteur de son menton, la petite montre qu'elle portait autour du cou en pendentif. « Elle est jolie, cette fille », pensa Forbin.

— Dix heures dix, décréta-t-elle.

Elle laissa retomber sa montre et se redressa. Elle avait ouvert la veste de son tailleur gris. Sous le chemisier blanc, drôlement ruché au cou, on voyait bien se dessiner, libres, petits et hauts, ses seins.

Forbin détourna son regard puis suivit les hésitations d'un nouveau client, qui venait d'entrer, et qu'un agent de police pilota enfin jusqu'à son bureau. L'homme tenait son béret à la main, la tête courbée, mais un rictus de défense aux lèvres comme si, effrayé, il se sentait l'envie d'être obséquieux mais se l'interdisait. L'énième témoin dans l'affaire de l'escroquerie à la télévision.

— Bastier, cria Forbin, tu peux le prendre ? Je n'ai pas fini, moi.

En reportant son regard sur la jeune fille, l'inspecteur principal adjoint se sentit en faute. D'après son programme, il aurait déjà dû en avoir fini avec elle. Or, il n'avait rien appris de plus que l'officier de police du XIVe : Claude-Andrée-Pénélope Racan, connue par ses amis sous le nom de Peny, employée comme secrétaire à l'O.D.A.C. (Organisme de distribution artistique et culturelle), célibataire, âgée de vingt-deux ans, reconnaissait avoir parmi ses relations le docteur Danieli, actuellement en fuite. Un seul détail neuf : ils avaient été présentés par un jeune homme nommé Alain Bergère. Au fait, pourquoi un jeune homme ? À cause du prénom ? À cause de l'âge de Peny ?

— Quel âge a-t-il, votre Alain Bergère ? Il y a une erreur dans le dossier, les deux dates de naissance ne concordent pas. Il avait vingt-quatre ans. Il doit donc en avoir vingt-sept.

— Voyons, il y a six mois de ça !

Au regard fixe qu'elle posa sur la table, Forbin comprit qu'elle se troublait. Elle releva vivement les paupières.

— Je pensais à la date où je l'avais connu.

— Bien sûr. Vous êtes donc tous allés finir la soirée chez le docteur Danieli pour ne pas gêner la voisine malade ?

— Non ! Je ne vous ai jamais dit ça. Nous avons été boire dans des bistrots. Nous avions le droit, je pense ?

— Naturellement, ça m'arrive aussi.

Ce faux élan de cordialité, du « J'ai fait ça avant vous » ne passa pas la rampe. Peny prit un air ennuyé.

— Donc, vous avez fait connaissance ce soir-là ?

— Oui.

— Vous vous êtes revus fréquemment ?

Il y eut de l'éclat dans le regard de Peny. Elle chercha à droite et à gauche avant de répondre sur le souffle :

— Mais non.

— Vous ne vous êtes revus qu'en décembre ?

Elle dit simplement :

— Je ne sais pas.

Il feignit de consulter le dossier. Pourtant, il le connaissait et savait que ce dossier épais de formules tapées à la machine était policièrement vide. Que Danieli fût coupable il n'en doutait pas, mais la question était ailleurs. Ce délit-là, tant de gens en étaient coupables, comme auteurs, comme patients, comme instigateurs, que seule comptait l'affaire toute ronde où la preuve pouvait être administrée vite. Danieli avait été interrogé l'avant-veille. Il avait nié. Deux femmes avaient déjà été interrogées. Elles avaient nié. Danieli avait filé dans l'après-midi mais ce n'avait pas été tout à fait une fuite, il avait fait sa valise et pris un taxi en bavardant avec sa concierge. C'était un impulsif qui pouvait en avoir assez d'être interrogé. Donc, en tout et pour tout, deux bases à l'affaire : la lettre anonyme de dénonciation, dont l'examen n'avait révélé rien de précis sur son auteur, et le pneumatique. Entre les mains d'un bon avocat, ce pneumatique signifiait simplement qu'une jeune personne, souffrant d'une hémorragie, avait fait appel à un médecin qu'elle connaissait. Danieli lui-même, à la fin de la perquisition, avait aperçu le pneu entre les mains de l'inspecteur et avait souri sur l'air de « Si c'est tout ce que vous avez ! ».

Forbin regarda le ciel franchement bleu. La Seine, à la hauteur du quai des Orfèvres, résonne quelquefois pendant plusieurs minutes comme un vrai port de mer. Ce ciel vide aurait pu surplomber le hérissement de grues et de cheminées d'un port et finir dans la confusion poudreuse de l'horizon, mêlé à la mer. Deux mouettes se croisèrent.

Il fallait classer ou foncer.

— Votre père vit toujours ?

— Oui…

— Votre mère ?

— Oui, mais…

— Alain Bergère était votre amant. Est-ce qu'il l'est toujours ?

— Je ne vous ai jamais dit ça.

— Profession du père ?

— Mon père a d'abord été commissaire aux Messageries maritimes. À la suite d'un accident, il est devenu directeur adjoint de la Banque des Crédits Réunis à Besançon… une succursale.

— Votre mère sait qu'Alain Bergère était votre amant ?

— C'est ça.

— Quoi « c'est ça » ?

— Je connais la musique, vous voulez me faire chanter. Vous n'êtes pas sage, on va le dire à votre mère. Et qu'est-ce qu'elle va dire, votre mère ? Vous, d'abord, qu'est-ce que vous savez des relations d'une mère et de sa fille ?

À côté d'eux, la machine à écrire de l'inspecteur Bastier s'était mise à crépiter. L'une des vitres renvoyait un jet lumineux sur la table.

— Bref, c'est Alain Bergère qui vous a conseillé de voir le docteur Danieli ?

— Non.

— Vous y êtes allée toute seule ?

Elle répéta :

— J'y suis allée toute seule.

Et se mit à pleurer.

Des regards de policiers, de témoins, d'inculpés passèrent sur ses larmes, sans surprise. Il était naturel qu'on pleurât dans le bureau 353 du Quai des Orfèvres.

— Je pleure parce que vous m'énervez, dit-elle.

Il s'imagina plus jeune, vingt ans de moins, avec la même fille en face de lui à la terrasse du « Dupont », elle, pleurant d'énervement parce qu'il lui aurait fait une cour maladroite. Ses larmes s'atténueraient. Elle proposerait : « Si on allait au cinéma. » Le cinéma était ici.

— Je sais bien, observa-t-il, que vous ne pleurez pas par remords. Pourquoi auriez-vous des remords ? Finalement, tout s'est bien passé. Ce qui vous fait de la peine, c'est d'y être allée toute seule, chez le docteur Danieli.

Le mouchoir qu'elle avait sorti était joli, de linon, et de dentelle. « Un cadeau », pensa Forbin. Il décida du même coup que c'était un cadeau d'Alain Bergère. À quelle époque ? À l'époque du gringue ? Au lendemain de la conquête ? Quinze jours plus tard à propos d'un refroidissement ? Ou par pitié, à la fin de l'hémorragie ? Elle s'était tamponné les yeux. Elle ne pleurait plus.

— Il est cher, le docteur Danieli ?

— Je ne sais pas.

— Ce n'est pas vous qui avez réglé ?

Elle se racla la gorge, se rejeta légèrement en arrière, prit du poids sur sa chaise, releva la tête, et articula d'une voix mondaine :

— Le docteur Danieli ne m'a pas encore présenté ses honoraires.

— Tiens… D'habitude, dans ces cas-là, on paie avant.

— Dans quels cas ?

Et elle ajouta posément :

— Est-ce que je suis témoin ou accusée ?

— Toujours vos deux ans de droit, observa machinalement l'inspecteur qui, de nouveau, se sentit fatigué. Bref, vous niez tout, affirma-t-il ensuite comme pour en finir.

— Je ne sais pas ce que j'ai à nier puisque je ne sais pas ce dont on m'accuse.

Forbin appelait ça « faire sa Jeanne d'Arc ». Il avait lu les pièces du procès de la sainte avec agacement. Il était contre les coups, mais la main lui démangeait quand il lisait certaines répliques de Jeanne d'Arc.

— J'y vais, dit-il.

Et à Peny :

— Une seconde.

Le pas de Forbin s'adoucit sur le tapis en entrant dans le bureau du patron. Celui-ci fumait, la tête appuyée au velours de son haut fauteuil. Sa secrétaire tapait, son tricot abandonné sur la cote rouge d'un dossier, les aiguilles en l'air.

— C'est que… j'ai laissé l'audition à Bastier. Si vous voulez, je peux la reprendre, monsieur le commissaire. D'autant que, ce que je fais, j'ai envie de laisser tomber.

— C'est ?

— Danieli, le docteur. J'entends la fille.

Le commissaire mit une demi-minute à chasser de ses poumons la fumée de sa cigarette.

— Ne laissez pas tomber.

Il était docteur en droit. Il agaçait un peu les vieux de la police par les airs d'oracle qu'il prenait volontiers.

— Ne laissez pas tomber, répéta-t-il, plus bas. Il faut aboutir.

Forbin savait que « il faut » signifiait dans la bouche de son chef « on veut en haut lieu ». Quant à ce haut lieu, ça pouvait être le directeur de la P.J., le préfet de police, l'Intérieur, ou par son truchement un homme politique ou un parti politique. Ou encore, le procureur.

— On trouve que nous ne faisons pas assez, pour ces sortes d'affaires-là. On s'en inquiète. Ma foi, puisque nous en avons commencé une, il faut la finir, décida le chef.

Devant la mine de Forbin, il demanda :

— La petite la boucle ?

— Elle glisse. Elle est plutôt bouillie pour les chats.

— Eh ! bien il vaudrait mieux que Danieli et elle soient inculpés aujourd'hui, voilà. Ils veulent de la répression dans ce secteur-là. Il faut leur en donner.

Comme Forbin s'éloignait, il reprit :

— Comment est-elle, la petite ?

— Pas mal.

Il avait failli dire « charmante », mais l'adjectif n'avait pas cours ici – sauf dans le bureau voisin du commissaire principal Anset, dont chacun savait qu'il occupait ses loisirs à écrire des poèmes qu'un officier de police judiciaire de la gare de l'Est mettait ensuite en musique.

— Bonjour. Me reconnaissez ?

Ce n'était pas le mur du couloir qui avait parlé mais la grille carrée qui y était encastrée, épaisse et noire, avec des enjolivures. Derrière s'écrasait un visage plat que Forbin mit quelques secondes à reconnaître.

— Mais c'est Tonio ! grogna-t-il. On me l'avait dit que tu t'étais fait enchrister hier. Ça va ?

— Y m'ont pris mes pipes.

« C'est vrai qu'elle est charmante, pensait Forbin, et je vais être obligé de lui faire du mal. »

— Vous n'en auriez pas une ? insista Tonio.

« Il y a dix minutes, je pouvais encore en faire à ma tête. Maintenant, j'ai le patron sur le dos.

Ils veulent que je lui fasse du mal. Je lui en ferai. Je suis là pour ça. »

— Une pipe ! insista de nouveau Tonio.

« Le patron fait du mal par personne interposée. Moi aussi, dans un sens. Elle avouera. Je lui dirai : “Ne vous en faites pas, vous aurez le sursis.” Est-ce qu'aucun de nous pourrait suivre une affaire jusqu'à faire le bourreau au dernier acte ? On se renvoie la balle. On apprend les résultats, comme si on n'était pas tellement dans le coup. Quand le marin a eu vingt ans, j'ai dit : “Ah ! les vaches, y me l'ont salé !” Mais c'était sur ma poitrine qu'il avait pleuré en avouant. Ça doit être ça, la société, un système de relais. »

— Un poulet, ça a toujours une pipe pour un vieux client comme moi.

Forbin tressaillit et sortit de sa poche un paquet de Gauloises. Il maudissait le patron, qui lui aussi n'était qu'un relais. Mais un relais agaçant, avec son complet prince de Galles à la veste trop courte, sa cravate à pois brillants et ses cheveux plaqués par la brillantine et se croyant à la mode. Au fond, s'il connaissait la mode, lui, Forbin, encore qu'il ne la suivît guère, c'était parce qu'il avait une fille de dix-huit ans.

— Grazie, grazie tante ! criait Tonio pendant que Forbin s'éloignait.

— Je n'ai pas de temps à perdre, dit-il en s'asseyant devant Peny.

— Moi non plus.

Elle avait remis un tout petit peu de rouge sur ses lèvres. Ses cheveux courts gardaient une allure de tempête. Ses yeux brillaient. Elle passa sa langue sur ses lèvres.

— Le 5 janvier, dit Forbin, vous étiez malade. Très malade. Vous avez envoyé un pneumatique.

Il ouvrit le dossier et en tira le rectangle bleu.

— Mais…

— Qui l'a mis à la poste, ce pneumatique ?

Elle se taisait. « Allons-y », pensa Forbin.

— D'après le témoignage de votre hôtelière, c'est Alain Bergère qui s'en est chargé.

— Oh ! celle-là ! cria Peny. Justement, ce n'est pas Alain, c'est Buck.

— Buck ?

CHAPITRE III

Calme, Peny faisait observer qu'elle avait bien le droit de connaître un garçon qui s'appelât Buck.

Le tremblement de ses mains marquait seul la violence du choc. Elle les regardait sur le bord de la table comme deux objets étrangers. Elle les rentra sous son sac.

— ... Un jeune homme d'origine étrangère qui se faisait connaître sous le nom de Buck rendait de fréquentes visites à la demoiselle Claude-Andrée-Pénélope Racan et passait pour son amant. À ma connaissance, il n'a jamais passé une nuit complète chez elle, ce que je n'aurais pas toléré sans lui faire remplir une fiche d'identité. J'approuvais d'autant moins sa présence continuelle qu'il était détenteur d'une Citroën d'un très ancien modèle dont il avait orné la carrosserie d'allégories champêtres qui excitaient la curiosité des passants devant la porte de mon hôtel. Cet individu m'assura au cours d'une première conversation être étudiant en théologie. Plus tard, il se rétracta et m'assura exercer la profession de collectionneur : je sus par la suite qu'il exerçait celle de trompettiste dans un établissement de nuit de la rue de Rennes, nommé « Le Bœuf ». Je m'autorisai des assiduités régulières de cet individu pour faire observer à la demoiselle Claude-Andrée-Pénélope Racan : « Vous avez quand même de drôles de fréquentations. » Sur ce, ladite demoiselle me pria de me mêler de ce qui me regardait. Toutefois, un jour où elle était d'humeur enjouée elle me dit textuellement : « Buck a son bachot de Mathélem et s'il avait voulu il serait pharmacien, mais il se f... de tout. » Sur ce, je répondis : « Ce serait toujours plus intelligent que de jouer de la trompette. »

Forbin releva les yeux sur Peny. Son sourire était très joli, arrondi aux commissures des lèvres :

— Ça vous fait rire ? demanda-t-il.

— Vous aussi.

Il y eut une seconde d'amitié entre eux.

— Pauvre Buck...

En ouvrant son sac, elle avait baissé la tête, son nez cachant son sourire, ses cils masquant le lustre de ses yeux. Forbin découvrait qu'il n'y avait que deux éléments lourds dans le visage de cette jeune fille : les cils, sombres et chargés, et la lèvre inférieure. Du sac ouvert elle avait tiré un paquet d'américaines. Elle fouilla de nouveau et alluma sa cigarette avec une boîte d'allumettes italiennes.

— Tout à l'heure, vous avez refusé mes cigarettes, observa-t-il.

— C'étaient des Gauloises. J'ai essayé de m'y faire aux Gauloises, j'en fumais plus de vingt par jour. Je trouvais que c'était snob de fumer autre chose. Au fond ce qui était snob, c'était peut-être de fumer des cigarettes qui ne me plaisaient pas sous prétexte qu'il aurait été snob de fumer…

Elle dessina des arches précipitées avec la main pour résumer la fin de son raisonnement.

— D'accord.

— Et puis je ne fume jamais avant onze heures. Une heure avant de quitter le bureau, je fume ma première cigarette.

Ses doigts pagayèrent habilement dans le sac pour remettre en place les cigarettes et les allumettes. Le fouillis que Forbin apercevait entre les deux mâchoires de cuir noir le troublait. Peny pencha de nouveau sa tête sur son épaule, éleva sa montre collier vers son nez, loucha, et observa :

— Et en effet, il est onze heures.

— N'en faites pas un plat, conseilla Forbin.

— Je n'en fais pas un plat, ma matinée est perdue, voilà tout.

— Je parlais de vos aventures sentimentales. Vous en faites un plat dans la mesure où vous essayez de les cacher. Je ne tiens pas à les connaître, allez. Pour moi, le problème est simple. Vous avez eu un amant. Vous vous êtes trouvée dans une situation ennuyeuse et vous avez recouru aux bons offices du docteur Danieli. Le pneumatique que nous avons trouvé chez lui en est une preuve suffisante.

— Il n'y a rien de compromettant dans ce pneumatique.

— Comment le savez-vous ?

— Vous posez de drôles de questions. Je n'ai pas eu à le lire par-dessus l'épaule de quelqu'un, ce pneumatique. C'est moi qui l'ai écrit. Je sais ce qu'il y a dedans.

Elle renvoya la fumée par les narines. Elle ressemblait à un petit taureau.

— Je le connais par cœur, reprit-elle, je pourrais vous le réciter.

— À ce point ? Vous y avez attaché une telle importance en l'écrivant ?

Il la voyait d'ici, tendue sous ses draps collés par le sang. Buck marchant de long en large et proposant des remèdes absurdes ou des décisions violentes telles que d'aller chercher Danieli par la peau du cou. Mais Danieli avait dû être formel : pas de coup de téléphone, pas de tiers dans le coup. « Je vais lui envoyer un pneu », avait dû répéter Peny. Ils avaient calculé le délai de transmission dans leur tête, le flux du sang et du pneumatique avaient concouru. « Il s'agit de peser ses mots », avait pensé Peny. Oui, elle devait le savoir par cœur parce qu'elle avait dû le méditer phrase par phrase sous la pression de la fièvre et de la peur, et que ce cauchemar, qui était entrouvert sur le dossier, lui était un cauchemar extrêmement familier.

— Non, mais c'est la seule fois où j'ai écrit au docteur... Et puis j'ai beaucoup de mémoire... et puis je me le rappelle, voilà tout. Ce n'est pas un crime de se rappeler quelque chose qu'on a écrit.

En argot du métier, Peny était en train de « brouter ». C'était le moment de la terroriser ou au contraire de la prendre par les épaules et de l'appeler mon petit. Forbin, une fois de plus, maudit les locaux de la P.J. Dans un bureau privé, s'ils étaient tous les deux seuls, il eût pu à son aise foudroyer ou caresser. Ici, il y avait le rire de Bertin à la fenêtre, le pas lourd de l'agent, les dénégations trop bien enroulées de l'Algérien assis en face du bureau de Bastier, le murmure des témoins qui attendaient sur le banc, des clapotis de machines à écrire. Il ne restait que la froideur.

— Vous serez examinée, dit Forbin. Le médecin constatera les traces des manœuvres dont vous avez été l'objet. Son rapport confirmera la présomption établie par ce pneumatique. Vous êtes bons, Danieli et vous.

Elle avait remis ses mains sous son sac. Il nota un autre signe de son émotion : sa lèvre supérieure transpirait. Ainsi font les toreros dès que la bête sort du toril, la suivant du regard pendant sa course puis son explication avec les banderilles, et notant les signes de sa conduite. Il était bon de savoir que quand un coup portait, la lèvre supérieure de Mlle Claude-Andrée-Pénélope Racan, dite Peny, transpirait.

Ainsi, en quelques heures, il apprendrait cette jeune fille, comme un amoureux. Il la terrasserait. Il ne la reverrait plus jamais.

Il la regarda éteindre sa cigarette dans le cendrier avec des doigts qui trébuchaient. Elle avait une main de petit garçon, les ongles un peu rongés comme les petits garçons nerveux. Une seconde, Forbin eut mal au cœur : cette cigarette, quelques minutes plus tôt, elle l'avait allumée en riant.

— Écoutez, dit-il. On peut encore arranger le dossier. Si vous reconnaissez nettement les faits, au lieu de nous obliger à les démontrer, nous admettrons, nous, que vous vous êtes présentée librement ici, que vous vous êtes dénoncée vous-même. Vous serez acquittée.

Il savait que c'était une promesse en l'air. Évidemment, un confesseur a meilleur jeu qui, la veille de Pâques, n'a qu'à écouter des péchés qu'on fait queue pour lui raconter. Il n'a pas besoin de jouer des tours de salaud à ses clients. Ces tours de salaud, Forbin ne trouvait le courage de les faire qu'à l'instant où il sentait qu'il s'attendrissait. Pour se défendre, en somme.

— Je serai inculpée de toute façon, dit posément Peny. Et le docteur aussi. Et sans doute celui qui me l'aura fait connaître. Et aussi l'auteur de l'état où vous prétendez que je me suis trouvée.

Elle avait l'air de réciter. Son regard était absent. « Elle est en train d'avouer », pensa brièvement l'inspecteur.

Il s'était marié vingt ans plus tôt, sergent-chef à l'École militaire, après six ans d'Afrique. C'était sa femme qui l'avait fait entrer dans la police. Institutrice dans une école libre, elle l'avait pris comme élève. Auprès d'elle, il avait appris l'équation à deux inconnues, les causes de la rivalité de François Ier et de Charles-Quint, que Corneille peignait les hommes tels qu'ils devraient être et Racine tels qu'ils étaient. Puis du droit, et toujours du droit. Il y avait des soirs où il faisait une rafle à Pigalle et les soirs où il récitait, sa femme assise de l'autre côté de la lampe. Les grades lui étaient venus gravement. Il n'avait pas eu le temps de séduire d'autres femmes. Hors la sienne, il n'avait connu que quelques fillettes rieuses dans les souks de Marrakech, de grosses serveuses à Casa, et puis une petite de Poitiers quand il était encore tout pataud.

Un interrogatoire difficile, qu'il s'agît d'une jeune fille ou d'un vieillard, lui donnait l'illusion de faire sa cour. Il fallait tantôt bousculer un partenaire qui résiste, tantôt fondre avec lui, tantôt feindre de se désintéresser de sa conquête et débattre à égalité avec lui des avantages des moteurs en « V », du charme de Martine Carol, des inconvénients du tabac pour la santé, tantôt lui donner à croire, par beaucoup de réserve, de respect, qu'on n'exigeait pas son aveu, qu'on l'attendait comme une preuve de sa valeur. Peny en était au point de la fille qui ne repousse plus l'offre en soi mais seulement dans ses modalités. « On nous verrait, ça se saura, je ne veux pas aller dans cet hôtel, si j'accepte, je m'en voudrais après. » Elle reconnaissait qu'elle avait quelque chose à avouer, mais elle objectait que si elle l'avouait, elle n'y gagnerait que des ennuis pour elle et pour les autres. Il fallait la laisser flotter un peu, l'encourager du bout du doigt. Les collègues de Forbin disent d'un client qui est dans cet état : « Il est mûr. » Forbin, pris par sa mythologie, avait l'habitude de penser : « Il est conquis. »

Ce matin-là, il était seulement gêné que sa conquête lui plût. Mal à son aise, il appuya trop fort :

— Mais non ! Je vous dis que tout le monde s'en tirera…

Sous le regard vif de Peny, il comprit sa maladresse et qu'à promettre un ciel trop entier, on passe pour un illusionniste. Pour faire plus vrai, il lança une réserve :

— Sauf Danieli, naturellement.

— Sauf Danieli, dit doucement Peny. Et il sera radié de l'ordre des médecins, et il ira en prison. À cause de moi… parce que j'aurai tout dit… Je serais une belle garce dans ce cas-là.

« Coup manqué », pensa Forbin. Ainsi, à la fin d'une cour qui marche trop bien, on oublie le tiers, on le balaye négligemment et la fille se dresse, armée d'un mari ou d'un amant, qui précisément à cette heure-ci est en train de penser à elle et elle lui ferait ça ! Mais en même temps il notait l'éclat de la sueur sur la lèvre supérieure de Peny.

— Danieli est un type admirable, cria-t-elle. Il a fallu que je le supplie, et il n'a jamais voulu un sou.

CHAPITRE IV

L'inspecteur principal alla chercher la machine à écrire sur le bureau voisin. Il introduisit avec maladresse le papier et le carbone et se mit à taper avec deux doigts. Au bout de quelques lignes, il souleva les paupières :

— Je tape votre audition, expliqua-t-il à Peny. Au début ce ne sont que des formules… J'en aurai tout de suite fini.

Il en eut assez vite fini et arrêta franchement alors son regard sur la jeune fille, qui, de son côté, le contemplait fixement.

— Dans le fond, murmura-t-il, comme s'il lui demandait conseil, je n'ai qu'à recueillir votre déclaration en quelques mots ? Pas la peine de noircir des pages. Je vous la lirai à mesure que je la taperai et vous me direz ensuite si vous êtes d'accord.

Les touches se remirent à claquer. La voix de l'inspecteur était plus rapide que ses doigts. Elle s'élevait par courtes saccades, puis pendant plusieurs secondes il n'y avait plus que le fracas métallique. On aurait dit un chanteur soutenu par un orchestre.

— Le témoin (sur interpellation) : J'ai fait la connaissance du docteur Danieli par un ami commun nommé Alain Bergère. À la fin du mois de décembre 1953, je lui ai rendu visite pour lui demander de pratiquer sur moi des manœuvres que mon état rendait urgentes. Question : A-t-il immédiatement accepté de les pratiquer ? Le témoin : Non, il a fallu que je lui dépeigne ma situation et que je le supplie. Question : Cette rencontre a-t-elle eu lieu au domicile légal du médecin ? Le témoin : …

Forbin avait suspendu ses mains au-dessus du clavier.

— Au fait, c'est bien chez lui que la rencontre a eu lieu ?

Peny fit oui de la tête, indifférente, comme si elle pensait à autre chose. Ils laissèrent s'écouler le coup de sirène d'un remorqueur. Puis l'orchestre reprit.

— Le témoin, psalmodia Forbin : Oui. Question : Le médecin s'est-il entendu avec vous au préalable sur le prix auquel il estimait son intervention ? A-t-il exigé la totalité du montant ou seulement une avance ? Le témoin : Le docteur Danieli s'est refusé à recevoir de moi le moindre argent malgré les propositions que je lui en ai faites. Il m'a déclaré n'accepter de me rendre le service que je lui demandais que par égard pour ma situation…

Il changea de voix pour demander :

— C'est bien ça ?

Elle eut de nouveau l'expression qui avait frappé Forbin au début de l'interrogatoire : la lèvre supérieure disparaissant sous la lèvre inférieure et l'œil vague.

— En somme, insista Forbin, c'est à peu près tout ce que vous m'aviez dit ? Ne cherchons pas midi à quatorze heures. L'audition peut en rester là. Je vais juste vous demander de signer.

Il fit cliqueter la machine, tira la feuille de papier et la poussa, escortée d'un stylo, devant Peny.

— Surtout, ne vous trompez pas ! s'exclama-t-il, comme si c'était ce détail-là qui avait de l'importance. Ne signez pas à droite, à la place réservée pour le commissaire principal, comme le font certains témoins. Signez à gauche. Il y a une formule, aussi, à écrire, que vous connaissez puisque vous avez fait du droit : « Lecture faite, persiste et signe. »

L'œil de Peny brilla, ses maxillaires se serrèrent. Elle cacha ses mains sous son sac. « Elles doivent trembler, pensa Forbin, mais ce n'est pas pour me les dissimuler qu'elle les enfouit dans sa jupe. Elle s'en méfie. Elle sait que de tout son corps, seule sa main droite est redoutable. »

Pourtant, il n'attendait que du bien des secondes qui allaient suivre. Ou elle signerait, ou elle éclaterait. Et de cet éclat on pouvait attendre d'autres révélations. Il eut envie d'allumer une cigarette et de s'installer confortablement sur sa chaise pour assister au spectacle. Ainsi, quand il était petit, à Poitiers, le soir du 14 juillet, il apportait des bonbons, et en mettait un dans sa bouche lorsqu'on annonçait que le bouquet du feu d'artifice allait avoir lieu.

Mais il s'inquiéta. Peny ne signait pas. Peny restait calme. Pas une goutte de sueur sur sa lèvre. Il faillit lui dire : « Finissons-en. » Il se retint. C'est lui qui avait envie d'en finir et non elle, parce que pour elle, en finir, c'était la défaite. Il mesura la jeunesse de sa cliente. Elle était assez près encore de l'enfance pour que les impératifs gardassent leurs forces, enveloppés de brouillard.

— Cette déclaration, dit-il froidement, est conforme à vos réponses, vous êtes obligée de la signer.

Elle broncha. Elle sortit sa main qui devait être chaude de sa jupe. Elle ne toucha pas le stylo. Elle approcha ses ongles de sa bouche gourmande et se mit à les ronger. Il se rappela qu'elle avait déjà rongé ses ongles sans qu'il le notât. Était-ce un signe d'incertitude ou de réflexion ? La lèvre se mit à suer. « Tout son corps doit transpirer », pensa-t-il. Il eut envie de lui toucher la nuque, comme sa femme faisait à leur fille quand elle était petite pour savoir si elle avait trop chaud et méritait vraiment qu'on lui retirât un tricot.

— Ce texte n'est pas conforme à ce que j'ai dit, articula Peny. Il parle de manœuvres. Le docteur Danieli m'a seulement donné des soins, gratuitement parce que j'étais fauchée. Des soins normaux.

Forbin serra à son tour les maxillaires. D'une voix assourdie :

— Il y a un instant, vous reconnaissiez qu'il vous avait fallu le supplier.

« Elle va me répondre qu'elle n'a jamais dit ça, pensa Forbin, si nous étions seul à seul, c'est le moment où je la giflerais. » Elle rongeait les ongles de sa main droite, de l'autre main elle tapotait le bureau, effleurant sa déposition, toute blanche et brillante au côté du stylo.

— Je l'ai supplié parce qu'il savait que j'avais un autre médecin et que les médecins n'aiment pas retirer un client à leur confrère.

— Ah ! oui ! Et c'est parce qu'il a consenti à vous admettre parmi ses clientes que vous le considérez comme un type admirable ?

Elle sourit, l'air à son aise.

— Mais non. Ça, ça n'était pas extraordinaire. Mais il a été si gentil, ne voulant jamais que je le paie.

Elle semblait proposer à l'inspecteur d'acquiescer de la tête et de reconnaître qu'en effet ce médecin était bien gentil. Ses yeux étaient traversés de petites lueurs électriques. Elle passa sa langue sur ses lèvres et pour la première fois depuis un bon moment respira à pleins poumons. Forbin connaissait ce moment d'ivresse de l'interrogé qui vient pour la première fois de se lancer en eau profonde, dans le mensonge, et qui s'aperçoit qu'il nage bien. Jusqu'ici, Peny avait seulement essayé de rester dans le vague, de se garer des précisions, de parler le moins possible. Maintenant qu'elle avait eu le courage de mentir, elle allait s'adonner au mensonge comme à un sport. C'était une nouvelle phase. Il y avait toujours des phases dans un long interrogatoire. Forbin avait vu une course de taureaux, à Béziers, invité par le commissaire de la Sûreté. Il avait été frappé par les phases qui divisent la corrida, si nettement qu'elles la tranchent et qu'il en gardait le souvenir comme d'une série de volets où les protagonistes changeaient d'outils, de ton, d'âme.

— Quant à mon hémorragie, commença Peny.

Elle allait parler tout de même. Tout serait faux et la voix tâcherait d'être juste. Il y aurait les moments où la voix serait fausse et où du vrai viendrait incidemment se mêler à la fiction.

— Mon hémorragie vous préoccupe, continua Peny, parce que vous ne savez peut-être pas que les femmes ont fréquemment de ces accidents.

— Bien sûr.

— J'étais très fatiguée à cette époque. J'avais réorganisé un réseau de diffusion de ma boîte.

— Elle vend quoi, exactement votre boîte ?

— Des livres chez les particuliers. Surtout des livres de luxe. Nous faisons également des publications techniques, médicales ou juridiques, que nous plaçons de la même façon, par courtiers, chez les gens.

— Ça marche bien ?

Forbin appelait ça aller à la promenade, bras dessus, bras dessous. On baguenauderait.

— Et vous avez préféré entrer dans cette affaire plutôt que de continuer votre droit ?

— Je voulais continuer mon droit tout en travaillant.

— Mais vous l'avez laissé tomber ?

— C'est dur de faire deux choses à la fois. Et puis il y a des années où je suis paresseuse.

— Vous n'avez pas l'air paresseuse.

— Surtout, je ne voulais pas devenir idiote, vous comprenez.

— Pardon ?

— Il y a des filles comme ça. Elles travaillent toute la journée et puis elles mangent un sandwich et après elles se précipitent dans des cours du soir ou bien chez elles, devant des manuels. Elles ne vivent pas. C'est ça que j'appelle devenir idiote.

« Ce que j'ai fait, au fond », pensa Forbin. Il décida de le lui dire. Il lui arrivait de raconter sa vie, pour inspirer confiance. C'était un truc, mais ce qu'il racontait était vrai. C'était une méthode qu'il pratiquait mais il n'était indifférent ni aux confidences qu'il faisait ni aux réponses qui lui venaient. Sa gentillesse était un piège, mais il se prenait lui-même à sa gentillesse. « Toi, lui disait Bertin, tu les as à la papa. » Forbin se défendait : « Non, je me montre tel que je suis et ce n'est pas ma faute si je leur plais. »

— Dans votre cas, dit Peny, ce n'était pas la même chose.

Elle avait écouté les confidences de l'inspecteur avec de grands yeux intéressés. Elle réfléchissait avec sérieux.

— Vous aimiez votre métier, donc vous passiez de bonnes journées et le soir, en vous perfectionnant, vous complétiez ces bonnes journées. Tandis que moi…

Ce genre de débat ressemble à celui des amoureux qui essaient rapidement de se renseigner l'un sur l'autre, non en se posant des questions mais en exposant leur cas par des phrases qui commencent par « Moi ». Ils se les renvoient comme des cartes. Une carte contre une carte.

Un « moi » contre un « moi ». Et très vite. C'est le jeu de la bataille.

— Moi, pour être sûre de mon coup, quand j'ai décidé de travailler, j'ai choisi une situation qui ne m'intéressait pas.

— Je ne vois pas…

Ce devait être un de ses thèmes d'explication favoris. Elle s'anima :

— Vous allez voir. Ce qu'il me fallait, c'était un métier qui me laisse tranquille. À six heures du soir, les voiles, et on n'y pense plus. On peut vivre pour soi.

— Et c'est quoi, vivre pour soi ?

— Tout. On retrouve des amis. On passe des soirées entières à causer. Ou on lit un livre. Ou on va au cinéma. J'ai même fait du judo. J'ai fait des claquettes. Ou on traîne à plusieurs dans les rues, sans que ça finisse.

Elle s'arrêta et eut un sourire qui était comme un rire silencieux, d'une moquerie nette. Il l'interrogea du regard.

— C'est idiot, dit-elle, je riais parce que je pensais à vous. J'avais l'air de vous dire : pourquoi n'en faites-vous pas autant ? Et ce n'est pas votre genre.

— Vous ne me voyez pas faisant des claquettes, ou plutôt vous me voyiez, et ça vous faisait rire, c'est ça ?

— Les claquettes, bien sûr, mais je ne vous vois même pas tournant dans les rues, la nuit, autour des immeubles et discutant de la mort ou des inégalités sociales ou de la guerre, ou de la sincérité en amour.

L'idée d'une pareille déambulation n'avait jamais effleuré Forbin. Que Peny la lui interdise avec autant de décision lui causa pourtant un bref chagrin. Pour elle, il était tout juste bon à surveiller brutalement ceux qui déambulaient.

— C'est à Besançon que vous avez pris l'habitude de déambuler ?

— Oui, pendant mon année de philo, nous allions tous au café Marçot. Nous y passions des jeudis et des soirées. C'était le P.C. Par bandes nous en sortions de temps en temps pour prendre l'air, comme des assiégés qui font une sortie. Nous reconstruisions le monde, ou bien on discutait de la psychologie d'un camarade ou d'un professeur…

— Vous étiez forte en philosophie ?

— Ça m'a déçue. Je croyais qu'on allait réellement se passionner sur les preuves de l'existence de Dieu, sur les raisons de la vie et de la mort. Au lieu de ça, des théories, avec des noms, entre lesquelles le professeur ne choisissait pas et moi non plus je n'arrivais pas à choisir. Ou bien alors, je les choisissais pour leur visage, pour leurs intentions et je sentais que ce n'était pas philosophique du tout d'agir comme ça.

Forbin coula un regard vers Bastier qui était occupé à ranger des papiers dans un dossier. Il avait un peu honte à la pensée que Bastier l'entendait. Ou il penserait que Forbin était en train de bêtifier avec sa fillette, ou qu'il était le roi des salauds, que pour une affaire bien secondaire, il était en train de jouer la comédie des souvenirs d'enfance.

— Ce que je voulais, dit Peny, c'était entrer au Conservatoire, à Paris.

— Pour être comédienne ?

— Oui. Je rêvais de faire pleurer les gens.

— Et d'être applaudie ?

— Oui, d'être applaudie. Quand je rentrais toute seule le soir, mon pas faisait un bruit terrible dans la rue. C'est spécial à la province. On se sent très importante quand on rentre le soir toute seule. Et les claquements de mes talons sur les pavés, je les prenais pour des applaudissements. J'aimais. En même temps, ça me choquait. Je pensais à tout ce qu'il y a de secret, dans une personne, à ce qu'il y a de brutal dans la gloire. J'avais l'impression que ce n'était pas moi vraiment qu'on applaudissait.

— Et c'est vos parents qui ont voulu que vous fassiez votre droit ?

— Non, c'est Pierre, par jalousie.

Elle s'arrêta. Ils baissèrent les yeux tous les deux, ayant saisi l'importance, ensemble, du nom que l'une avait prononcé et l'autre entendu.

CHAPITRE V

— C'est un Besançonnais ?

— Qui ?

Il sentit que dire Pierre était d'une familiarité qui pouvait paraître dégoûtante à la jeune fille. M. Pierre faisait patron de bar.

— Pierre.

— Non. Et puis on ne dit pas Besançonnais, on dit Bizontin.

— Vous l'avez rencontré à Paris ?

— Non.

Elle tira de son sac une Philip Morris et l'alluma, toujours avec des allumettes italiennes.

— Fiammiferi, cerini, observa l'inspecteur… C'est le nom des allumettes italiennes dont vous vous servez.

— Ah !

Deux fois de suite, par un monosyllabe, elle avait mis fin à un aveu. Il demanda :

— Vous êtes allée récemment en Italie ?

— Non.

— Vous y allez quelquefois ?

Une moue. Forbin eut envie de lui rappeler qu'un interrogatoire se joue comme celui des portraits. Il faut répondre par oui ou par non.

— Quand y êtes-vous allée pour la dernière fois ?

— Où ?

Il y a toujours le moment où l'interrogé ressemble au bébé qui ne veut plus marcher sur le bord du trottoir.

— En Italie, dit-il patiemment.

— Je n'y suis pas allée. C'est Buck.

Il demanda :

— Au fait, comment s'appelle-t-il, Buck, de son vrai nom ?

Il s'attendait à « Je ne sais pas ». Elle répondit :

— Pierre Caraco.

— Le même Pierre !

Il aimait bien réduire le nombre des personnages. Il frétillait à l'idée de réduire deux identités à une seule. Le même plaisir, il l'avait éprouvé en mathématiques quand deux propositions viennent se fondre. Il éprouvait aussi le plaisir contraire, de fractionner le personnage unique dont l'inculpé avoue l'existence, qui devient peu à peu une bande, parce qu'il se coupe. Interroger, c'est contrarier. Il s'agit de faire du simple, du composé ou du composé avec du simple. Peny riait :

— Mais non, ce n'est pas le même.

Elle cessa de rire et rougit. C'était la première fois qu'elle rougissait. « À quoi pensez-vous ? » Cette question d'amoureux, l'interrogateur a souvent envie de la poser. Elle est absurde puisque, si l'autre y répondait, il n'y aurait plus d'interrogatoire.

— Vous êtes née à Saint-Nazaire ?

— Oui, soupira-t-elle avec un ennui un peu moqueur. Le 5 janvier 1932. Ça doit être écrit devant vous, d'ailleurs.

— C'est vrai, le 5 janvier…

Elle cessa de fumer. Il approcha d'elle le cendrier.

— Le 5 janvier. Vous avez eu un drôle d'anniversaire, alors, cette année ?

Elle l'avait vu venir. Ses lèvres jouèrent l'une avec l'autre. Rêveuse, elle répondit seulement :

— Vous parlez.

— Et vous n'aviez que Buck auprès de vous ?

Un petit sourire courageux.

— Je n'avais que Buck.

— Le pneu est parti à six heures. Le docteur Danieli est arrivé à quelle heure ?

— J'avais la fièvre. Je ne sais plus. Il faisait nuit.

— En janvier, il fait nuit à partir de quatre heures.

— Je ne sais pas, moi. Il pouvait être neuf ou dix heures.

— Et il vous a soignée ?

— Comme vous dites.

— Buck était toujours là ?

— Oui, il s'est tourné vers la fenêtre.

— Et après, il est allé chercher des médicaments, peut-être ?

— Non. C'est le docteur qui y est allé.

— Pour vous éviter les frais ?

— Oui. Et puis il avait une voiture. Et après minuit, ce n'est pas facile de trouver une pharmacie ouverte.

— Il était donc plus de minuit ?

— En effet, je me rappelle qu'il était plus de minuit et qu'il neigeait.

— Mais Buck a aussi une voiture.

— Si on peut appeler ça une voiture. Elle ne marche qu'un jour sur deux.

— Ce doit être assez pénible la position d'un homme qui est coupable et qui assiste aux... aux ennuis de la fille.

— Mais Buck n'était coupable de rien !

Et elle rit.

— Vous croyez que j'ai couché avec Buck ?

Elle eut l'air de chercher dans sa mémoire.

— Un soir, peut-être, nous y avons pensé ensemble, trois ou quatre secondes, sans nous regarder. Entre camarades, on sent ces choses-là.

— Buck est un camarade ?

— Oui.

Il jugea, à la légèreté de sa voix, qu'elle était revenue dans la phase du mensonge. Elle savait que Buck, auteur de son état, et instigateur des remèdes qui lui avaient été apportés, risquait beaucoup. Elle le mettait hors de cause au départ. Elle insistait :

— Buck et moi, ç'aurait été idiot si on avait couché ensemble.

— Pourquoi ?

— Nous sommes faits pour nous raconter des histoires en nous écoutant à moitié. J'aime bien manger avec lui. La première fois que je l'ai vu, il jouait de la trompette. C'est un as. Il y a eu plusieurs articles sur lui dans les journaux. Il s'est arrêté de jouer et il m'a invitée à danser. Il m'a dit que je dansais très mal. Je lui ai dit que je dansais mal parce que j'avais sommeil. Il m'a dit : « Eh ! bien je vais vous ramener chez vous. Attendez-moi une seconde. » J'ai attendu une heure. J'en ai eu assez. Je suis partie. Il m'a rattrapée à l'angle de la rue de Rennes et de la rue du Sabot. Il m'a fait rentrer à pied avenue du Maine. Il est monté dans ma chambre. Je croyais qu'il voulait faire l'amour avec moi. Il s'est endormi. Il est parti le lendemain matin. Il est très calme, mais c'est un nerveux. C'est comme ses coups de gueule. Eh ! bien, c'est un timide. Au « Bœuf » il n'a jamais osé leur demander une augmentation. Quand il a des insomnies, il débarque dans ma chambre. Il dit que je le fais dormir.

— Votre hôtelière assure qu'il n'a jamais passé une nuit complète.

— Elle a peur d'avoir des histoires avec la police. Comme si elle surveillait !... Du moment qu'on paie, et qu'on ne fait pas trop de bruit... Elle a horreur du bruit.

— C'est pour cela que vous allez en faire chez les autres ?

Il sourit.

— Eh ! oui, nous avons déjà des souvenirs communs. L'histoire de l'hôtel où la voisine était malade, le soir où le docteur Danieli vous a finalement emmenés chez lui.

Elle laissa tomber. Il insista :

— Combien étiez-vous, ce soir-là ?

— Sept ou huit.

— Qu'est-ce que vous avez fait chez le docteur ?

— On a bu.

— Donc, vous reconnaissez que vous êtes allée chez lui, ce soir-là. Tout à l'heure, vous disiez que vous étiez allés dans des bistrots.

— Nous sommes allés dans des bistrots. Ensuite, il nous a tous ramenés chez lui. Sauf Buck. C'était l'heure qu'il aille au « Pimlico ».

— Parce qu'il n'était plus trompettiste au « Bœuf » ?

— Il n'avait jamais osé leur demander d'augmentation. Le « Pimlico » lui avait proposé plus. Ce qui fait qu'au « Bœuf » on le considère comme un salaud, alors qu'à la vérité… Mais ça ne vous intéresse pas… Je suis trop bavarde, n'est-ce pas ?

Il se demanda si elle se fichait de lui ou non. Ayant feuilleté le dossier, il arrêta son doigt sur une page.

— Au cours de la perquisition que nous avons faite chez le docteur Danieli, expliqua-t-il d'une voix précise, nous avons saisi votre pneumatique. Nous vous avons identifiée grâce au carnet d'adresses du médecin. Nous l'avons interrogé sur vous. Vous voyez que je ne vous cache rien. Voici sa réponse : « J'ai connu la demoiselle Claude, Andrée, Pénélope Racan au cours d'une soirée qui s'est déroulée chez moi. Elle avait été amenée par des amis communs. Sur interpellation : Je ne me rappelle que le nom d'un seul d'entre eux : Buck, trompettiste de boîte de nuit, âgé d'approximativement vingt-cinq ans, dont j'avais fait la connaissance un an plus tôt au cours d'un dîner avec une speakerine de la radiodiffusion. Question : Est-ce ce soir-là qu'elle vous a confié ses ennuis ? Réponse : Je ne vois pas de quoi vous voulez parler. Cette personne a été prise d'un malaise vers trois heures du matin. Je lui ai donné des soins. Sur interpellation : Non, les soins que je lui ai donnés n'étaient pas spécifiquement appropriés à une grossesse. Elle s'était évanouie. J'ai constaté que son cœur était en bon état et l'ai traitée tout simplement avec de l'eau froide, des gifles et de l'ammoniaque. Elle est revenue à elle. Je l'ai invitée à passer le reste de la nuit assise sur un divan, ce qu'elle a fait. Sur interpellation : Non. Elle ne m'a pas déclaré être enceinte, ni le craindre. Je vous rappelle en outre que le secret professionnel m'interdit de répondre à de pareilles questions ; à partir du moment où je l'ai soignée, cette personne n'était plus mon invitée, mais ma malade. Sur interpellation : Non. L'examen, d'ailleurs très sommaire, auquel je me suis livré, ne me permettait pas de conclure qu'elle fût enceinte. Je renouvelle mes réserves et mes protestations comme pour la question précédente. Sur interpellation : Elle est partie vers sept ou huit heures du matin, alors que je dormais. Elle m'a seulement laissé un mot, que je n'ai pas conservé. Je n'avais aucune raison de le conserver. Elle me remerciait de façon banale. » Êtes-vous d'accord ?

— Oui.

— Pourtant, le docteur Danieli désigne comme ami commun Buck, et vous avez désigné Alain Bergère.

— J'ai menti.

CHAPITRE VI

— Quelle est la profession d'Alain Bergère ?

— Courtier.

— En quoi ?

— En livres à domicile. Il est employé dans ma boîte.

— C'est lui qui vous y a fait entrer ?

— Plutôt le contraire. Il est entré après le départ de Braspart qui avait monté sa boîte à lui. Il y avait plusieurs candidatures, c'est moi qui m'en suis occupée. Il avait l'air gentil.

Tout son visage s'alluma. Elle sourit.

— Il était tout penaud, avec son *curriculum vitae* à la main. Je l'ai soutenu. On l'a pris à l'essai. Ils ont été vaches avec lui. Au lieu de lui donner une liste de clients habituels, ils l'ont envoyé chez des inconnus. Je me rappelle, il était midi un quart…

Forbin la regarda se taire et se refermer. Il y a toujours le moment où l'interrogé se dit : « Mais je parle, je parle… ça va finir par se retourner contre moi. »

— À quelle heure partiez-vous d'habitude ?… Si tard que ça ?

— Non, avant midi. Mais ce jour-là, j'attendais un coup de téléphone. Il est entré dans mon bureau…

— De qui attendiez-vous un coup de téléphone ?

— D'un garçon.

Forbin s'excusa d'un geste, comme dans une conversation ordinaire on est fâché d'avoir été indiscret. Peny lui sourit avec un léger retroussis du nez.

— Pas celui que vous croyez.

« Elle a bien de la chance si elle croit que je pense à un garçon. Avec Buck, Pierre l'inconnu et ce jeune Bergère, j'en ai suffisamment sur le dos. » Sa pensée revint vers Pierre. Elle l'avait rattaché à Besançon. Il était le premier de la trilogie. Il décida de l'appeler Pierre Ier.

— Ce n'était pas un coup de téléphone de Pierre ?

— Précisément pas.

Elle appuyait sur le « précisément » comme si c'eût été naturel qu'elle attendît un coup de téléphone de Pierre et qu'elle s'amusât du quiproquo où l'inspecteur était tout bonnement tombé.

— Donc, le petit Bergère est entré dans votre bureau, reprit-il avec l'élan machinal de qui rouvre un robinet.

— Il ne pleurait pas, mais tout juste. Un vrai désastre. Les gens l'avaient envoyé promener. C'est dur, comme métier, vous savez. Comme disait Alain, ce jour-là, on se fait un monde du soldat qui monte à l'attaque et on ne pense jamais à la situation du courtier…

Décidément, Forbin n'aimait pas Bergère. Alain avait toujours été un prénom qui l'agaçait. Quant à Bergère, juché sur cet Alain, c'était d'un mièvre, d'une afféterie trouble qui appelait le mandat d'arrêt.

— Il était déjà monté à l'attaque comme soldat, votre Bergère ?

— Ben non, à son âge ! Il a un an de moins que moi. Il venait de finir son service militaire. Et dans l'aviation.

— Et il volait ?

— Bien sûr que non. La France n'a plus assez d'avions pour que les aviateurs volent. Il s'occupait du ravitaillement.

— Avec tous les huit jours un gros mandat du papa, hein ?

— Vous tombez mal. Son père a été tué en 40, et il est pupille de la nation. Sa mère travaille. Elle est traductrice dans un office commercial sud-américain. Il n'a pas voulu poursuivre ses études de dentiste pour ne pas lui être à charge. Et si vous croyez qu'il avait eu une vie drôle ! Habillé en soldat à l'âge de huit ans ; sept ans passés à La Flèche. Le froid, les menaces. On les traitait comme des hommes, comme on ne devrait pas traiter des hommes.

— Bon, bon, alors, il ne réussissait pas à vendre les livres ?

— Je l'avais prévenu que c'était vache. D'autant qu'on lui avait refilé un rossignol : notre *Encyclopédie des poissons*. Le plus dur, vous comprenez, c'est d'entrer chez un médecin, par exemple. On attend dans le salon. On entre. Le médecin vous offre un siège. Il s'assied derrière son bureau. Il sourit aimablement. Il sourit, puisqu'en fin de compte on va lui donner de l'argent. Il y a la seconde où son sourire s'arrête. Il a compris qu'on vient lui en extorquer. Il n'a plus à ménager le visiteur. C'est ce qu'il y a de plus beau, un sourire. C'est affreux qu'on puisse vous le retirer à toute vitesse parce qu'il y a eu erreur sur la personne. Quand ça se produit vingt fois par jour, il y a de quoi en tomber malade. Depuis la veille, Bergère n'assistait qu'à ça : ces sourires anéantis.

— Moi, je me tire, dit Bastier en posant la main sur l'épaule de Forbin. Tu nous rejoins au Café du Palais ? Non ? Tu vas au Petit Fénelon ?

Après le signe dénégatif de Forbin, Bastier jeta un regard vers Peny.

— Alors, bonne continuation.

Gêné, Forbin, qui soupçonnait Bastier d'avoir entendu les derniers mots de Peny « sourires anéantis », se demandait ce que son camarade pouvait penser d'un dialogue aussi extravagant. « Il doit croire qu'elle essaie de me faire le coup de la folie. » Il considéra Peny avec amitié. « Ma pauvre petite vieille, pensa-t-il, tu es loin de ta nuit du 5 janvier, mais il faudra bien y revenir. »

Le sujet tenait au cœur de Peny.

— Oui, vous imaginez la tête qu'on lui faisait quand il sortait son *Encyclopédie des Poissons* reliée plein cuir. Il faut se mettre à la place du type qui donne sa consultation, par exemple, et à qui on vient dire : « Intéressez-vous donc un peu aux poissons. Il ne vous en coûtera que huit mille francs. Et encore, vous pouvez en payer la moitié par traite acceptée. » Dans mon bureau, il y avait Legourt, un vieux courtier, un ancien camelot. Les plaintes de Bergère le faisaient rire. Il lui expliquait comment il aurait fallu prendre le médecin. Par la lourdeur, en s'asseyant ferme dans le fauteuil ; par la ruse, en l'assurant que d'accord, il ne chercherait pas à lui vendre le bouquin, mais que lui, il aimait son travail, que ça lui fendrait le cœur de s'être déplacé pour rien, qu'il fallait au moins que son hôte jette un coup d'œil sur les planches en couleurs ; par la surprise enfin : « Tenez, je vous le laisse, vous paierez quand vous voudrez. » Avant de s'en aller, il lui a jeté dans le nez, à ce pauvre Bergère : « Si t'as du tact, c'est foutu. Le tact et le trac, c'est la même chose ». L'autre était planté là. Je lui ai proposé de déjeuner avec lui.

— Vous étiez libre parce que l'autre n'avait pas téléphoné ?

— Philippe avait téléphoné entre-temps…

Forbin baissa la tête. Le quatrième, maintenant. Il n'y avait plus qu'à leur faire faire une belote. Pierre Ier, Buck le trompettiste, Bergère au grand tact, et Philippe le neuf. Il eut envie de lui dire : « Vous ne pourriez pas vous arrêter ? » Mais il n'est pas dans les usages de faire ces propositions à qui l'on interroge.

— Qui est ce Philippe ? demanda-t-il rageusement.

— Je ne vous ai pas parlé de lui !

Elle avait perché la voix, étonnée.

— C'est un avocat.

Un trompettiste, un courtier en encyclopédie de poissons, un avocat… Au fait, Pierre, quelle était sa partie ?

— Et Pierre, le premier, qu'est-ce qu'il faisait ?

— Avocat.

— Et ce n'est pas le même, demanda plaintivement l'inspecteur, vous êtes sûre ?

— Si les avocats me plaisent, c'est mon droit.

Il fut réconforté par ce « me plaisent » qui confirmait des horizons.

— Mais quand j'ai connu Pierre, il n'était qu'étudiant. Il faisait son droit.

— Et c'est pour ça que vous avez fait le vôtre ?

— Un peu. Mes parents ne tenaient pas au Conservatoire. Moi, ce que je voulais, c'était aller à Paris. Alors, tant qu'à faire, j'ai choisi le droit, pour être avec Pierre.

— Vous l'avez connu où, votre Pierre ?

— En vacances.

— Quelle année ?

Elle compta sur ses doigts.

— Il y aura quatre ans en août, en 50.

— Où ça ?

— À Saint-Tropez.

— Vous y étiez toute seule ?

— Mais non, avec mes parents. Je venais d'être reçue à mon bac de philo.

« Bon Dieu, pensa Forbin, mes pilules ! » Il devait les prendre une demi-heure avant de déjeuner. Il tira les deux cachets, le jaune et le blanc, de son gousset, et jeta un regard à sa montre. « Midi dix. » La pièce se vidait. Il restait l'agent de service et un petit inspecteur qui s'obstinait, les lunettes en bataille, en face d'un vieillard décoré.

— Bref, dit Forbin, vous avez eu pitié de ce nigaud de Bergère. Vous l'avez maternellement emmené déjeuner.

— Pas maternellement, cria Peny. Je ne suis pas maternelle, moi.

Forbin se sentait de la jalousie à l'endroit de Bergère. Il insista méchamment :

— C'était parce qu'il était… vaincu et faible que vous vous intéressiez à lui ?

— Je ne m'intéresse pas à n'importe quel vaincu. Il était vaincu, ce matin-là, à cause de ce qu'il y avait de bien en lui : sa dignité, sa pudeur.

— Bon.

Il regarda le petit vieux remettre son pardessus, tout en continuant de palabrer avec son inspecteur. Puis :

— Et pour le consoler, vous êtes devenue sa maîtresse ?

— Je suis devenue sa maîtresse, comme vous dites, parce que ça me chantait.

CHAPITRE VII

La colère allongeait les lèvres de Peny comme son sourire. Mais le petit menton saillait. Elle tira sur sa jupe, posa son sac par terre.

— Ce que le mot maîtresse devient laid, quand il est prononcé ici. Je suppose que tout ce que la police touche devient sale, hein ?

— C'est plutôt les histoires que l'on nous demande d'aller voir qui sont sales.

— Il n'y a rien de sale, dans mes histoires à moi, que des choses tristes, d'autres gaies, d'autres qui ont tourné d'une drôle de façon. Je me suis débrouillée au milieu de tout ça.

— Ça s'est passé tout de suite ?

— Vous tombez bien, le soir même.

— Un vrai hussard !

Peny ébaucha un sourire, les yeux mi-clos, comme si elle revoyait des souvenirs précis.

— À moins que ça n'ait été moi, la hussarde.

Elle rit tout à fait et regarda l'inspecteur avec feu.

— Vous voudriez que je sois confuse, hein ? La pauvre jeune fille séduite qui…

Elle le fixa avec haine.

— Vous retardez.

— Je retarde sur quoi ?

— Sur votre époque. Nous ne sommes plus des saintes-nitouches. Nous n'attendons plus que nos parents nous marient. Nous vivons à nos risques et périls.

Elle détourna la tête parce que la porte avait grincé, maniée par le vieillard dont le regard rencontra celui de Peny. Poliment, il salua. Décontenancée, elle répondit par une petite inclination de tête.

— Je commence à avoir faim, dit-elle en se retournant vers Forbin.

— C'est une façon de me demander quand est-ce que je vous lâche ? Pas encore. Vous allez manger ici.

— Vous m'arrêtez !

En une seconde, sa lèvre s'était couverte de sueur.

— Vous devriez savoir que la loi me permet de vous garder ici un certain nombre d'heures sans vous inculper. Vous êtes toujours témoin. Un témoin auquel je tiens tant que j'ai peur qu'il se fasse écraser.

Elle demanda avec hargne :

— Vous avez peur que je prévienne mes complices ?

— J'ai peur que vous alliez bavarder avec l'un des messieurs dont nous avons parlé. Vous échafauderez des systèmes de défense. Ça me coûtera du temps pour les détruire, et l'affaire n'en vaut pas la peine. Donc, je vous terminerai cet après-midi.

Il se leva. Elle en fit autant.

— Je vous suggère le menu suivant : pâté et saucisson, avec des cornichons. Vous aimez les cornichons ? Et puis du veau ou du porc froid avec de la salade russe dans un carton. Et une orange. Le beaujolais est bien. À moins que vous ne buviez pas de vin.

— Si, je bois du vin.

— Alors, je vais vous faire monter tout ça.

Il décrocha son trench-coat.

— Si vous avez envie de... l'agent vous conduira.

— Oui, j'ai envie.

Forbin appela l'agent d'un claquement de doigts, fit un signe de tête à Peny, et le grincement de la porte derrière lui le sépara d'elle.

Le palier était désert. Même l'huissier avait évacué sa cage de verre. D'un bureau jaillit pourtant le petit Échelevant, de *France-Soir*.

— Tu n'as rien pour moi ?

— Ben non.

— Les escrocs à la télévision ?

— Pas occupé ce matin. Bastier a entendu un type.

— Y me l'a dit, mais c'est zéro. Et toi ?... Je t'ai aperçu. C'était une fille que tu pratiquais. Dans quelle affaire ?

— Docteur Danieli, mais c'est trop tôt pour en parler.

— Ah ! oui, Bertin m'en a dit deux mots. Il est en fuite, hein ?

— Pas exactement. C'est une affaire qui n'est pas ronde. Une lettre de dénonciation. Le correspondant désignait nommément trois clientes du type.

— Et la petite est une des trois ?

— Oui... enfin, d'après la lettre.

— Parce qu'elle ne s'est pas encore allongée ?

Forbin sortit des cigarettes de sa poche, puis se ravisa. Il avait assez fumé comme ça.

— Nous n'avons de preuves contre personne. Même le départ de Danieli n'est pas une preuve. Il peut revenir ce soir en nous disant qu'il est allé voir un client à la campagne. Des deux premières bonnes femmes, l'une est à Athènes. Elle a été entendue avant-hier par les poulets de là-bas. Elle nie à bloc. L'autre, je l'ai entendue hier. Elle n'a eu que des relations mondaines avec Danieli, c'est du moins ce qu'elle dit, et va démontrer le contraire ! À mon avis, je crois que celle-là a été la maîtresse de Danieli.

— Et celle de ce matin ?

— C'est la seule intéressante, parce qu'il y a présomption. Toute l'affaire est suspendue à elle. Elle a envoyé un pneu du genre de : « J'ai fait tout ce que vous m'avez dit, mais il y a hémorragie, venez vite », etc.

— Et elle prétend que l'hémorragie est banale, naturellement.

— Oui.

Forbin rêva une seconde.

— Elle prétend des tas de choses.

— Ça je m'en doute, si ça fait trois heures que vous bavassez, tous les deux. Tu l'as gardée ?

— Oui, justement, faut que je lui commande son repas avant de m'en aller.

Il fit signe à un agent sans képi qui se dirigeait vers l'escalier. Des cornichons à l'orange, toute la commande défila.

— Pour un ? demanda l'agent.

Forbin acquiesça puis tendit la main à Échelevant qui rongeait son crayon devant un carnet sale mais peu agressif.

— Tu vois, rien d'intéressant pour toi. Allez, bonsoir.

— Bonsoir, je vais monter au quatrième voir Péchou. Le truc des cigarettes de Tanger, tu sais.

Forbin resta planté quelques secondes sur le palier. Au bout du couloir, il aperçut Peny qui revenait des lavabos, escortée par son agent. Elle marchait lentement, comme dans un musée. Il courut jusqu'à l'escalier, se pencha sur la rampe. Le pas de l'agent décroissait.

— Hé ! Pas pour un ! Pour deux !

Il se décida à allumer une cigarette dans un rayon de soleil qui tombait à côté de la cage de verre. Puis, en habitué, il reprit le chemin du bureau 353. Il savait manœuvrer la porte sans qu'elle grince. Peny ne l'entendit pas entrer. Elle était tout au fond de la salle, devant la fenêtre. Une main appuyée à la poignée, elle regardait dehors. Elle était toute noire sur le ciel. L'agent s'était assis et regardait ses pieds.

— Je me suis invité à déjeuner avec vous, dit Forbin en s'arrêtant derrière elle.

Il s'accusa de niaiserie devant la mauvaiseté du regard de Peny. Comment avait-il pu oublier leurs rôles respectifs au point de croire qu'il lui faisait une bonne surprise ?

— Nous ne parlerons pas de l'affaire.

— Si vous voulez.

Ensemble, ils regardèrent les voitures rangées le long du quai des Orfèvres. Les arbres poussaient de courtes dents vertes. Du côté de la place Saint-Michel des remous automobiles s'enroulaient et se dilataient comme l'eau derrière les péniches. En face, le restaurant Lapérouse à la noire façade festonnée de rideaux semblait prêt à céder sous le poids d'un vieil immeuble. Forbin avait arrêté un escroc turc, dans un cabinet particulier, un jour, chez « Lapérouse ». Il l'avait mené à pied. Il avait voulu passer par le pont Saint-Michel mais l'escroc avait préféré le pont Neuf. C'était un escroc qui aimait beaucoup Paris. Il avait récité à Forbin un texte d'Anatole France sur les bouquinistes des quais. Il y avait l'expression « une rivière qui coule entre des livres » qui avait frappé Forbin. Il l'essaya sur Peny, qui ne répondit pas.

— Vous auriez mieux aimé rester toute seule pour déjeuner ?

— J'avais envie d'une récréation. Mais après tout…

Elle sourit. Ses dents irrégulières brillaient.

— Après tout, j'aime autant ça. Je commençais à m'ennuyer. Et puis, toute seule, j'étais dépaysée.

Forbin repoussa les dossiers et ils s'assirent autour de la table sur laquelle l'agent avait disposé leur repas. Le beaujolais brillait aimablement entre les deux verres.

— J'ai faim, dit Peny.

Elle dévorait le pâté avec un bel emportement qui gonflait ses joues. Le coup de dent de qui a de bonnes dents. Mais elle s'arrêta, la bouche pleine. Son regard avait buté sur le nom de Danieli, écrit en anglaise en haut du gros dossier rouge. Pudiquement Forbin le retourna.

Ils faillirent se tromper de verre. Son début de sourire fut masqué par l'obsédante petite manœuvre de la lèvre inférieure venant refluer sur la lèvre supérieure.

— Si vous aviez bu dans mon verre, dit-elle, vous sauriez tout ce que je pense.

— Ce serait une méthode rapide si elle était juste. Mais sans boire dans votre verre, je sais déjà beaucoup de ce que vous pensez.

Elle fit « non » de la tête.

— Je sais à qui vous pensez.

— Vous avez bien de la chance.

— Vous pensez à quelqu'un que vous voulez sauver dans cette histoire.

— Danieli ?

— Pas Danieli. Le type qui vous a obligée à avoir recours à Danieli. Vous fréquentez assez d'avocats pour savoir que son cas est plus grave que le vôtre.

Elle rit :

— Et je suis prête à me sacrifier pour lui ? C'est bien beau… Je suis une héroïne en quelque sorte ?

— On n'est pas forcément une héroïne parce qu'on aime quelqu'un.

Les yeux de Peny se rétrécirent. Elle eut un sourire court.

— J'aime, tu aimes, il aime, nous aimons, vous aimez, ils aiment.

— Ne jouez pas les blasées…

— Vous êtes trop jeune pour ça… C'était ça, la fin de votre phrase ? C'était ma manie, autrefois, d'achever les phrases des gens. On me détestait. D'autant que je disais : si on peut achever une phrase c'est qu'elle est inutile. Tout ce qu'on dit devrait être particulier, vous ne trouvez pas ? C'est ce qui me dégoûte dans l'éloquence, c'est qu'elle est prévisible. Quand Philippe dit : « Non, messieurs les jurés, je ne me prêterai pas à… » Je peux terminer au choix par « à cette comédie », « à cette parodie de justice ».

— « … à cette déformation systématique des faits ».

Forbin riait, assez satisfait de la vivacité avec laquelle il était entré dans le jeu.

— En dînant avec Philippe, nous nous amusions toujours à ça. Vous savez on dit : « Que lui restait-il ? » Et l'autre répond : « D'aller conter sa mésaventure au commissariat le plus proche. » Ou bien : « Qu'est-ce qui n'est pas interdit ? » « Il n'est pas interdit de penser. » Je ne sais pas, on en trouve des centaines ! Dites donc, je parle, je parle, vous avez déjà fini votre veau.

— Philippe mangeait plus lentement que moi ?

— Oui, parce qu'il parlait plus que vous. Le sien, de métier, c'est de parler et le vôtre, c'est d'écouter, non ? Vous avez dû l'entendre plaider ? C'est Caze, son nom, Philippe Caze.

Il n'était pas venu à la pensée de Forbin que cette petite jeune fille pût être liée avec un avocat aussi célèbre, de vingt ans plus âgé qu'elle.

— Vous le voyiez beaucoup ?

— Pendant un moment, oui. Jusqu'aux vacances. Mais j'ai encore dîné avec lui il y a trois jours. En janvier, il m'a envoyée passer huit jours dans l'hôtel d'un client, à Menton, pour que je me remette.

Leurs regards se croisèrent.

— Mais oui, une hémorragie, même banale, c'est fatigant.

— D'accord, dit Forbin, nous sommes en trêve.

— Vraiment ? Alors, si je vous disais, oui j'ai été enceinte des œuvres d'Y. qui m'a menée au docteur X. pour arrêter les choses, vous n'en tiendriez pas compte ?

Le regard de Forbin s'alourdit.

— Depuis ce matin, vous me l'avez à peu près dit, vous savez ça. Vos propos se ramènent exactement à ça, avec un peu de brouillard autour. Je n'ai pas le moindre doute.

Elle tendait la main vers son verre. Le dernier mot de l'inspecteur suspendit ses doigts.

— Vous parlez d'une trêve ! Vous êtes en train de me couper l'appétit… et la soif.

— Vous avez raison. Ne parlons plus que de généralités.

— Qu'est-ce que vous préférez, la mer ou la montagne ? Ça ne va pas être drôle.

— Nous pouvons trouver autre chose. Nous avions commencé tout à l'heure.

— Rappelle pas.

— Mais si, vous m'exposiez votre position par rapport au verbe « aimer ». Il vous faisait ricaner.

— Il ne me faisait pas ricaner. Je suis toujours prête à aimer quelqu'un. Il y a des matins où je suis même sûre que je vais tomber amoureuse. Seulement, je vous l'ai dit, ça tourne drôlement. C'est peut-être normal que ça tourne drôlement. Seulement, quand j'étais petite, je n'avais pas vu les choses comme ça.

— Petite, c'est quel âge, pour vous ?

— Dans les dix-sept ans.

— L'âge où on va rencontrer Pierre ?

— Oui. Il me pinçait quand je ne voulais pas répéter la phrase.

— Quelle phrase ?

— Tu es Pierre, et sur cette pierre je bâtirai ma vie. Il y a de quoi rire. Mais quand je me suis aperçue qu'il y avait de quoi rire, je n'ai pas ri.

— Vous vous en êtes aperçue vite ?

— Au bout d'un an, je m'en doutais, mais je ne voulais pas en convenir. Il y a forcément des alternances dans la chaleur des sentiments. Je me disais que j'étais injuste. Quelquefois, je le détestais. Et puis il me disait un mot, et ça repartait. Il avait des maladresses qui me touchaient.

— Encore un côté maternel, ça.

— Si j'avais été maternelle, je l'aurais gardé, car au fond, c'est un bon à rien. Il sera malheureux toute sa vie. D'autant qu'au début, il en a espéré, des choses ! Quand nous nous faisions des plaidoiries, à cent mètres d'ici…

— Où ça ? au Palais ?

— Non. Pierre habitait une chambre place Dauphine pour pouvoir apercevoir le Palais en se réveillant. Pour un futur roi du barreau, c'était indispensable, n'est-ce pas ? Alors, nous cherchions les crimes dans les journaux.

— Pardon ?

— J'y repensais l'autre jour. Vous savez, ce tout jeune homme qui, après avoir essayé de tuer un banquier, sur les boulevards, a abattu un agent dans une cour. Je me suis dit : « Tiens, il y a trois ans, nous aurions passé une nuit blanche. » Il m'obligeait à tenir le rôle de l'accusateur, et lui c'était l'avocat. Je n'aimais pas faire l'accusation. Je le faisais parce que je savais qu'il démolirait tous mes arguments. La société en prenait toujours un bon coup, je vous assure. C'était elle la coupable, et le coupable était toujours innocent. Pierre a une belle voix. Enfin… il l'avait.

— Il l'a perdue ?

— Mangez, ne m'attendez pas, je parle tout le temps, je suis forcément en retard. Il ne l'a pas vraiment perdue, mais quand je l'ai vu pour de bon, c'était pitoyable.

— Pour de bon ?

— Devant un vrai tribunal. Il était stagiaire. C'était le premier procès qu'il plaidait. L'assistance judiciaire le lui avait envoyé deux mois plus tôt. On en avait beaucoup parlé ensemble. Il m'avait mimé ses interventions. En tant que ministère public j'avais eu le bec cloué. Je vous assure qu'il était superbe, en pyjama, criant : « Non, non, non, messieurs, non, non, non ! » Je n'aurais jamais eu l'idée d'en rire. À l'audience, j'en ai ri bêtement, comme les autres. Vous savez, les Anglais appellent ça « infatuation ».

— Qu'est-ce qu'ils appellent « infatuation » ?

— Quand on tombe amoureux de quelqu'un, on se monte la tête. On lui trouve tous les mérites, on s'en infatue. Et puis, tout à coup, la dévaluation.

— C'est vous qui avez rompu ?

— Une rupture, c'est comme les causes de la guerre de 70, faut s'y retrouver. Je me suis refroidie. J'ai commencé à avoir envie de le tromper, pour voir. Quand je me surprenais à penser ça, je me disais : « Eh ! bien, de toute façon, c'est fichu. » Un grand amour, vous comprenez, un amour absolu, la moindre faille, et c'est fichu. Alors, quand on commence à se dire : « Tiens, celui-là, pourquoi pas ? »... C'est les vacances qui ont tout liquidé... les vacances de 52. – Tu vas là ? – Ah ! Ben moi, je vais ailleurs. J'ai profité des vacances pour tout déménager.

— Parce que vous habitiez chez lui ?

— Au fait oui, dans le langage des policiers, ça doit s'appeler une concubine ?

Il répondit par une question :

— Vos parents le savaient ?

— Ma mère le savait, mon père s'en doutait. Tous les deux étaient un peu affolés par mon cas. Mais ils attendaient que Pierre devienne un grand maître. Et moi aussi. Mon père croyait que je serais une grande avocate.

— Pourquoi avez-vous arrêté votre droit ?

— J'ai arrêté aux vacances... en 52. Plus de Pierre, plus de droit. Au retour, pour pouvoir rester à Paris, je suis rentrée à l'O.D.A.C. Pierre était retourné à Toulon. Et on s'était trop moqué de lui, il renonçait au barreau. Peut-être que s'il s'était entêté, je l'aurais estimé. Il a lâché au premier pépin, en somme. Ses parents habitaient Toulon. Son père avait une grosse affaire d'huiles. Il est entré au contentieux. Vous parlez, après avoir voulu tout casser !

Elle regardait Forbin avec colère, comme s'il était Pierre.

— Et vous ne l'avez plus revu ?

— De temps en temps, quand il venait à Paris. Et cette année, quand je suis passée par Toulon. Il avait tout du vieux Toulonnais. Il me parlait de la rade. Elle était si belle autrefois, ah ! si j'avais vu ça ! Quel dommage que tout ait sauté. Et puis les grandes escadres d'avant-guerre ! Et puis « nous menons une vie très parisienne, nous avons un night-club ». Enfin, vous voyez le genre. Et engraissé, en plus. Il avait une figure en lame de couteau. Vous savez, le type méridional méchant. Quand ça s'empâte, c'est pas joli. Et par l'ouverture de sa chemise, sa petite médaille de Tarzan pour station balnéaire. Et le côté : « Ce qu'on est bête quand on est jeune ! » Il ricanait de ce qui l'enfiévrait deux ans avant. Et il s'était fait pousser une moustache. Ça m'a même fait un drôle d'effet. J'ai eu l'impression que c'était un nouveau, que ça m'en faisait un de plus.

Tous deux s'étaient arrêtés de manger. Puis ils se mirent à mâcher pour le principe. « Nous sommes en trêve, pensa Forbin. Je ne peux pas lui demander : “Alors, après la rupture, vous continuiez de coucher avec lui de temps en temps ?” » Le mot rupture excita en lui une passion chronologique. Elle avait rompu avec Pierre vers le mois d'août 52. Elle s'était donnée à Alain en juin 53. Soit une année vide. Était-ce une année vide ou une année à remplir ?

— Et ça a été Alain Bergère, le consolateur ?

— Vous savez, j'en avais pris mon parti moi-même. Je sais serrer les dents toute seule. J'ai pas besoin qu'on me tienne le menton.

Forbin appela le garçon de bureau.

— Maurice, débarrassez-nous ça, vous serez bien gentil.

Il montrait les reliefs de leur repas. Pendant que Maurice s'empressait, le petit inspecteur à lunettes rentra, serra la main de Forbin, alla s'asseoir derrière son bureau. On lui apporta aussitôt une forte femme en pleurs.

— La récréation est finie, dit Peny.

Elle se passa la main sur le front, écartant le remous de ses cheveux.

Forbin donnait de l'espace aux dossiers qui s'étalaient de nouveau sur la table à mesure que les verres et les pelures d'oranges disparaissaient. C'était brutal comme un changement de décor.

— Au bout de tout ça, ce que vous voulez, dit Peny, c'est que j'aille en prison.

CHAPITRE VIII

Forbin observa :

— Il y a une chose que j'aimerais bien savoir. Est-ce que c'est Buck ou Alain Bergère, qui, au cours de la fameuse soirée, vous a fait connaître le docteur Danieli ?

— Un peu les deux.

— Il faut avancer, maintenant, dit Forbin avec décision. Et dans un sens oui, et dans un sens non, et chouya, chouya, j'en ai plein le dos ! Vous vous êtes tous retrouvés dans une chambre d'hôtel. Dans quel hôtel, et à qui était la chambre ?

— Hôtel Vauvenargues, rue des Écoles. Nous étions chez Alain.

— Là ! Vous mentez beaucoup. D'abord c'était Alain. Et puis vous vous rétractez, maintenant, vous y revenez. Donc c'est lui qui avait invité le docteur Danieli ?

— Évidemment, le docteur Danieli ne s'était pas invité tout seul.

— Donc, c'est par Alain que vous connaissez Danieli ?

— Si on veut. À la vérité, Danieli connaissait une fille, qui connaissait Buck. Buck et Danieli ont fait connaissance par elle. Plus exactement, grâce à une autre fille qui était danseuse au « Bœuf » et qui était la grande copine de la fille qui connaissait Danieli. Oui, d'accord, ça vous paraît compliqué, mais qu'est-ce que vous voulez, c'est ça, une bande.

— C'est peut-être ça une bande, mais un interrogatoire, c'est des noms. Quand je saurai vos filles numéro un, numéro deux, etc., je m'y retrouverai peut-être plus facilement.

— Eh bien la fille qui connaissait Danieli, c'est Hélène. Il en parle dans son interrogatoire, c'est elle qui est speakerine à la radio.

— Elle était la maîtresse de Danieli ?

— Moi, je n'aime pas raconter des histoires sur les autres filles. En tout cas, elle était la grande amie de Ninitza qui dansait au « Bœuf ». Ninitza et Buck étaient tout le temps fourrés ensemble, pendant un temps. C'est comme ça que Buck a connu d'abord Hélène, puis Danieli. Quand j'ai connu Alain Bergère, il était déjà lié avec Buck. D'autant plus que Hélène habitait le même hôtel qu'Alain, et que Buck y était tout le temps entraîné par Ninitza. C'est Buck qui a présenté Danieli et Alain Bergère l'un à l'autre.

— Oui…

— Remarquez, c'est peut-être plus compliqué. L'histoire ne m'a jamais paru très claire.

D'abord, je suis sûre qu'Alain et Hélène, qui étaient voisins, se connaissaient avant que Buck s'en mêle. Je suis sûre qu'on a voulu me cacher quelque chose dans tout ça.

Elle réfléchissait, avec des rides sur le front, comme si elle voulait profiter de l'occasion qui lui était donnée de tirer au clair les problèmes posés par les complications de vie de son entourage. Elle jeta un regard interrogateur à Forbin comme si elle attendait de lui qu'il l'y aidât. Il connaissait cette situation : l'interrogé qui vous interroge d'un air accablé sur l'air de : « Si vous arriviez à débrouiller ça, vous me rendriez bien service. »

— Bref, soupira-t-il, Alain Bergère et Buck ont connu tous les deux Danieli avant vous. Ils vous l'ont présenté ce soir-là. Et vous êtes tous allés chez lui à cause des récriminations de la malade qui se trouvait dans la chambre voisine. La malade, c'était Hélène ?

— Oui.

— Vous la connaissez bien ?

— Non. Je l'ai vue deux ou trois fois. Alain voulait changer de chambre parce qu'elle avait rouspété contre nous. Mais la chambre n'était pas chère, et vous savez comme c'est difficile de trouver quelque chose à Paris.

— Buck et Alain Bergère étaient donc en bons termes ?

— Ils ne s'adoraient pas mais ils étaient en bons termes.

— Et Bergère savait ce que Buck avait été pour vous ?

— Il savait que Buck était un copain.

— Buck passait des nuits entières avec vous et jamais…

— Jamais. Je ne pouvais pas coucher avec lui pour vous faire plaisir.

— Et à quelle date avez-vous connu Buck ?

— L'année dernière, vers le mois de janvier. Puisque vous aimez les précisions, je peux même vous contenter. C'était encore une fois le 5 janvier.

— Il a dansé avec vous et il vous a ramenée ? Et il aurait passé la nuit avec vous sans vous toucher ? C'est cela, n'est-ce pas ?

— C'est moins sec que ça. J'étais au « Bœuf » avec quelqu'un. Ce quelqu'un est parti. Je suis descendue aux lavabos. Buck, qui transpirait, est venu se passer de l'eau sur le visage entre deux morceaux, et c'est comme ça qu'il a vu que je pleurais.

— Vous pleuriez ?

— Il paraît. Buck, qui est nigaud quand il s'y met, a cru qu'il m'avait fait de la peine, une demi-heure avant, pendant qu'il dansait avec moi, par ses taquineries. Nous ne nous connaissions pas. Il avait vu le garçon qui était à côté de moi partir. Il m'avait invitée gentiment. Et puis il m'avait dit que je dansais comme un sismographe. Donc, il se croyait le coupable. Je l'ai rassuré. Il a compris qui était le coupable. Il m'a juré qu'il me raccompagnait. Il m'a fait poireauter, il m'a récupérée dans la rue, il m'a ramenée. Moi, j'étais de votre avis.

— De mon avis ?

— Je croyais qu'il voulait coucher avec moi. Ça m'était égal. Il était doux et très grand. Je n'aime pas être protégée mais ce soir-là, ça ne m'était pas désagréable d'être protégée par lui. J'ai quand même été contente qu'il s'endorme. J'ai compris que ce qu'il y aurait entre lui et moi, ce serait autre chose.

— Mais s'il avait voulu profiter de la situation, vous…

— Je me serais sans doute laissé faire. Je n'avais plus de virginité à défendre, hein ? Alors ? Ça serait réussi ou ça serait raté. Si c'est raté, ça ne compte pas. Si c'est réussi, tant mieux.

— Si on raisonne comme ça…

— On ne raisonne pas comme ça. On en arrive à raisonner comme ça. Et pas toujours, certains soirs… Il y a des types qui en profitent. D'autres fois, on se dit le contraire. On se dit : « Je suis libre, d'accord, mais ce n'est pas une raison pour ne pas me garder. » On a peur de se dévaluer. Aujourd'hui, ce n'est pas simple d'être une fille.

— Ce soir-là, vous aviez subi un choc ?

— J'avais revu Blaise.

— Vous aviez revu Blaise, dit douloureusement l'inspecteur. Quel Blaise ?

— Oh, c'est toute une histoire !

— Au point où nous en sommes, racontez-la.

— C'est une histoire de vacances. J'avais rompu avec Pierre en juillet. Il lâchait le barreau et il n'allait pas à Saint-Tropez parce que son père, avant de le prendre dans sa boîte à Toulon, voulait qu'il aille rajeunir son anglais dans une pension de famille d'Hastings. Je suis donc partie toute seule pour la côte. J'étais un peu groggy de ma rupture. Je connaissais des gens, je suivais le mouvement. Mais je me tenais sage, je n'avais envie de rien. Le jour du retour, j'étais sans un. Juste mon billet de troisième et de quoi aller au wagon-restaurant. Vous me direz que le wagon-restaurant c'était une dépense inutile et que je pouvais aussi bien manger un sandwich. Qu'est-ce que vous voulez, moi je suis folle du wagon-restaurant. Un voyage sans wagon-restaurant, c'est pas un voyage.

C'était également l'avis de Forbin. Malheureusement, cet avis, qui était aussi celui de sa fille, n'était pas partagé par sa femme, qui jugeait malsaine et prétentieuse la nourriture qu'on y servait et horriblement élevée la note.

— Donc, je dîne. J'étais contre la vitre. La mer, la côte, les montagnes, tout était bleu, la nuit tombait et j'étais de bonne humeur. Les lampes se réfléchissaient et avaient l'air de courir à côté du train, sur les oliviers. C'était bien.

Après avoir réglé, je cherche machinalement mon porte-ticket dans mon sac. Nib. Je vide tout mon sac sur la table. À la fin j'étais comme folle, je me tâtais. C'était tout juste si je ne cherchais pas mon billet dans mon slip ou sur le plafond du wagon. Qu'est-ce qui allait m'arriver ? C'était le moment où il y avait du tirage à mon propos dans la boîte. Le gros Pfeiffer, celui qu'on appelle Moustache, s'était mis dans la tête de me vider. Il fallait vraiment que je sois au bureau le lendemain matin, sinon, il en prendrait prétexte. Or, le contrôleur allait me faire descendre. Où ? Et moi sans un sou ! Même pas de quoi télégraphier à mes parents ou à un copain. Les garçons préparaient le second service. Ils me font lever. Je traînais dans le couloir du wagon-restaurant. Je cherchais par terre. Je n'arrivais pas à m'en aller. On me bousculait. Tout à coup, une voix qui s'intéresse à moi. C'était le type qui avait dîné en face de moi. Il était pas mal. Le genre net. Il portait une chemise bleu ciel et une cravate presque de la même couleur. Il avait de beaux yeux vifs et les cheveux en brosse. J'aime.

Le murmure des voix était étale autour d'eux. Sauf une, toutes les tables étaient de nouveau occupées. Ceux qu'on interrogeait avaient de nouvelles têtes mais des attitudes abruties qui les apparentaient à leurs prédécesseurs. C'était la même pièce, jouée par d'autres acteurs.

Les mêmes remorqueurs criaient en bas des fenêtres.

Forbin, qui venait de rencontrer le regard de Bastier, était embêté. Les bavardages de sa cliente l'intéressaient mais ne concernaient guère l'affaire.

Claude-Andrée-Pénélope avait croisé les jambes. Très à son aise, elle faisait des gestes avec la main pour ponctuer son récit. Il était difficile de l'interrompre. Forbin se rassura comme il put. Il ne volait pas son temps à l'État en écoutant la vie de cette jeune fille car ce flux risquait à la longue de charrier quelques vérités essentielles. Puisque le patron voulait qu'on aboutisse à tout prix, il n'y avait qu'à écouter à tout prix. Cette fille n'était pas menteuse, et c'était bien dommage, car une menteuse se coupe vite et l'on en vient à bout. Elle était raconteuse. Il fallait la laisser aller avec l'espoir qu'elle finisse par dire : « Et voilà comment je me suis trouvée enceinte. »

— Donc, il avait suivi tout mon manège. J'ai à peine eu besoin de lui expliquer mon malheur. Il m'a entraînée à travers les couloirs pour trouver le contrôleur et « arranger ça ». Je croyais qu'il allait le faire à l'influence. Quand il a eu trouvé le contrôleur, il a sorti son portefeuille. Le contrôleur m'a demandé en quelle classe je voyageais, j'ai dit en troisième. Le garçon m'a mis le billet dans la main et m'a dit : « Ne le perdez pas. » Comment le remercier ? J'avais les jambes tremblantes. J'avais eu tellement peur et c'était fini. Comme il me raccompagnait dans mon compartiment, nous avons traversé un wagon-lit. Je trébuchais à toutes les secousses. Il m'a dit que j'étais encore toute pâle, que c'était celle-là sa cabine, qu'il allait nous faire servir du whisky. Je n'avais vu une cabine de wagon-lit qu'au cinéma. Avec mes parents, on voyageait de jour, en seconde. Depuis que j'étais à mon compte, je prenais des troisièmes. Toutes les poignées, tous les boutons m'étonnaient. Je me suis assise sur le lit. J'ai bu le whisky. J'étais encore en sueur de mon histoire de billet... Dans un sleeping, ça gronde autrement que dans un compartiment ordinaire. Ça me rappelait, aux environs de Besançon, une petite caverne qui était creusée sous une cascade, et le rocher tremblait.

Elle s'arrêta parce qu'à la demande de Bastier, Forbin venait de lui lancer une cigarette. Quand celui-ci la regarda de nouveau, elle serra les dents.

— Je me demande pourquoi je vous raconte ça, dit-elle sèchement.

— Puisque vous avez commencé...

— C'est facile à deviner. Ce qui m'a le plus frappée, le lendemain matin, en me réveillant, c'est que je ne savais ni son nom ni son prénom. Je me suis traitée de putain.

CHAPITRE IX

— Vous l'avez revu ?

— En arrivant à Paris, je lui ai demandé son nom et son adresse pour lui envoyer un mandat.

— Pour quoi faire, un mandat ?

— Ben ! et le prix du billet ?

— Oh ! après ce qui s'était passé !

Elle rougit. Il découvrit que l'indignation aussi pouvait la faire transpirer.

— Vous me jugez d'après votre époque, dit-elle. Dans le temps, je suppose que les jeunes gens et les jeunes filles ne couchaient pas comme ça entre eux à égalité. Les filles qui faisaient ça, on les appelait des filles perdues, des je ne sais pas quoi… Alors, vous croyez que j'évaluais mes faveurs au prix d'un billet de chemin de fer ? C'est peut-être ce qu'il a pensé, puisque mon mandat m'est revenu… Non, la vérité, c'est qu'il m'avait donné un faux nom et une fausse adresse. Seul Blaise, le prénom, était vrai. C'était son habitude avec les filles. Je l'ai su plus tard par Philippe.

— Allons bon, Philippe le connaissait ?

— C'est comme ça que j'ai connu Philippe. Blaise, à qui j'avais donné mon adresse, la vraie, moi, m'a royalement laissée tomber pendant trois mois. Et puis il m'a téléphoné, un matin, au bureau. Nous avons dîné et nous sommes allés au « Bœuf ». Il était prétentieux, cinglant. Le genre : « Il me faut une fille par jour et je ne les laisse pas s'accrocher, je comptais pourtant remettre ça ce soir avec vous, mais j'ai pris un autre rendez-vous et il faudra que je file à minuit. » J'étais en rage. Alors, je l'ai fait à la dignité. Quand il a été parti, c'est pour ça que je pleurais aux lavabos : je regrettais ma dignité. J'avais coupé les ponts. Je m'étranglais.

— Vous… l'aimiez à ce point-là ?

— Il m'avait frappée… pour toujours, enfin, pour longtemps. Quoi, j'étais obligée de penser à lui en faisant l'amour tant que je n'aurais pas connu la même chose avec un autre. Il paraît que c'est gênant de parler de ces choses-là, moi j'en parle très librement. Ninitza, la petite amie de Buck, m'a assuré qu'à partir du moment où j'avais connu ça avec un type, je le connaîtrais forcément avec un autre. Ça a été la chance de Philippe.

— Parce qu'avec Philippe Caze…

— Oui. Nous l'avions rencontré au « Bœuf », Blaise et moi.

— Mais vous ne vous êtes vus qu'une fois, avec Blaise, au « Bœuf » ?

— Justement, c'était ce soir-là. Philippe Caze sortait quand nous arrivions. Avec Blaise, ils se sont embrassés. Moi, j'étais contente de connaître un si grand avocat. Je l'avais entendu plaider quand Pierre me traînait aux Assises. Pierre en disait pis que pendre. À côté de ce qu'il voulait être, Philippe Caze était tout juste bon à donner aux chiens. Mais moi, il m'avait impressionnée. Il était si clair. Ses gestes, aussi, étaient très réussis, donnant toujours l'impression qu'il allait bomber la poitrine, faire voler ses manches, éclater et qu'il se ravisait à la dernière seconde pour préférer l'énoncé d'un argument décisif sur un ton mesuré.

— Il est fort, reconnut Forbin. Il m'en a fait baver, l'été dernier, dans l'affaire de la rue Chaptal. Car il y a des moments où nous autres on n'interroge plus et on subit le contre-interrogatoire de l'avocat. Avec lui, ça a été dur. Et comment l'avez-vous retrouvé ?

— Par hasard. Buck voyait bien que j'étais en mauvaise passe. C'est vrai, j'avais rompu avec Pierre en juin, j'avais eu cette histoire avec Blaise en septembre, le coup de grâce le 5 janvier. J'étais belle à voir, je vous assure. Tout le monde me disait : « Tu devrais au moins te maquiller. » Donc, Buck me réservait souvent une table au « Bœuf » où je pouvais venir consommer avec des camarades à des prix de faveur. C'est là qu'en février je suis retombée sur mon illustrissime avocat qui s'est écrié à ma vue : « Mais je vous connais ! »

Forbin imagina la belle voix grave de Philippe Caze, son sourire fringant, l'éclat de ses lunettes cerclées d'or, le geste assuré pour redresser ses mèches cendrées et bouclées, puis les bras grands ouverts, tendus par une affectation théâtrale. Il ne fallait pas oublier les un mètre quatre-vingts, et, malgré la quarantaine, une certaine souplesse athlétique. Il y avait de quoi impressionner Peny.

— Je ne tenais pas tellement à le revoir. Quand il a sorti son carnet pour m'inviter à dîner, j'ai essayé de décrocher. Et puis mon cœur a battu : j'ai pensé qu'avec lui je pourrais parler de Blaise. Avoir quelqu'un avec qui parler de Blaise ! Buck me disait : « la barbe ». Ninitza : « c'est de l'histoire ancienne ». Les autres aussi. Et puis, ils ne le connaissaient pas. J'ai accepté pour le lendemain. Nous avons pris la cadence de deux fois par semaine, puis de trois. Il est normal qu'il ait cru que l'affaire était dans le sac. D'autant que nous nous entendions très bien. Je ne me rendais même pas compte qu'il me faisait la cour. J'avais des ennuis à mon bureau à cette époque-là et j'avais hâte de retrouver Philippe. Quand il m'a proposé le week-end à Barbizon, j'ai compris. Je me suis dit « comment est-ce que je ne m'en étais pas doutée plus vite ? ». Un homme ne sort pas comme ça avec vous sans une idée derrière la tête, sauf un copain, mais ce n'était pas le genre copain. C'était le genre arrivé, avec Delahaye, valet de chambre, et « j'ai des amis qui sont allés passer Noël au Kenya. Ils ne peuvent pas aller au Caire, comme tout le monde ? ». Un genre qui, théoriquement, me déplaît bien. Mais je supportais ça chez Philippe sans me poser de question. Et puis, une belle voiture, ça n'est pas désagréable.

— Donc, vous vous êtes embarquée pour Barbizon ?

— Pas comme ça ! Je me suis disputée avec moi pendant deux jours. D'abord, je le trouvais trop vieux. Je m'étais mis dans la tête cette malheureuse phrase : « Il pourrait être mon père. » Puis ce n'était pas tellement une question d'âge, mais de génération. Il avait des manières de riche bourgeois d'avant-guerre. Très respectueux, trop. Il avait dix ans de plus que Blaise et ça se sentait à chaque instant. Enfin, je n'ai pas pris de décision. J'ai accepté le week-end en me disant « on verra bien ». Ce qui plaidait en sa faveur, et c'est drôle de dire ça d'un avocat, c'est d'abord qu'il s'intéressait vraiment à moi, avec conviction, ensuite, qu'il connaissait Blaise. Elle était sans doute idiote mon idée, mais je me disais que puisqu'il le connaissait il faisait peut-être l'amour aussi bien que lui. Et j'en avais envie de faire l'amour, ça faisait des mois ! Il m'a eue comme il a voulu. C'était triste, les feuilles n'étaient pas encore poussées.

— Il y a un an de ça ?

— Oui, en mars. Il était mieux que Pierre, mais il ne valait pas Blaise.

— À quel point de vue ?

— Ben… au point de vue amoureux, si vous voulez.

— Oh ! Excusez-moi.

— Pierre, cinq. Blaise, seize. Philippe, onze.

« Elle leur donne des notes, pensa Forbin avec effarement. Quelle note m'aurait-elle donnée si j'avais couché avec elle ? »

— Il s'y prenait très bien. Pierre, lui, n'avait aucune idée, c'est drôle, pas de présence, si vous voulez, comme on dit des acteurs. Philippe avait trop d'idées, lui, plutôt. Il était un peu là. Trop d'assurance, trop de maîtrise dans les fioritures. Un jour j'ai ri, et il était furieux, naturellement. Je m'étais mise à trouver qu'il ressemblait à ces garçons coiffeurs de province qui tournent avec trop de bras autour de leur client en faisant frissonner leurs ciseaux dans le vide.

Forbin essaya un sourire pudique.

— D'autres fois, je lui trouvais le genre chef d'orchestre italien. Le genre : « L'ai-je assez bien joué ce morceau, n'est-ce pas ? » Et tout prêt à incliner modestement la tête sous les applaudissements… de la jeune personne. C'était d'autant plus irritant que Blaise, avec naturel, avait fait cent fois mieux. Blaise était un salaud, d'accord. Un salaud avant et après mais pendant, eh ! bien il était ce qu'il me fallait.

— Et vous vous êtes vus régulièrement jusqu'à quelle époque ?

— Jusqu'à Alain Bergère, en juin. De toute façon, ça aurait cassé. Il y avait d'autres raisons. Philippe avait un côté adulte, un côté avant-guerre, vous comprenez ?

« De quelle avant-guerre veut-elle parler ? » se demanda Forbin, qui en avait connu deux. Elle dut croire qu'il se sentait atteint dans son âge, et s'excusa :

— Je ne dis pas ça pour vous. Mais Philippe, c'est le type qui a un enfer dans sa bibliothèque. Moi, je ne savais même pas ce que ça voulait dire, un enfer. Il y avait des éditions superbes. C'était assez répugnant. Sur les illustrations les femmes avaient un côté ou trop rose, trop bonbon, trop chair à tout faire ou au contraire visqueux, verdâtre. À vous dégoûter d'être une femme. Il m'obligeait à feuilleter tout ça. Il me lisait des passages. Il m'a offert des livres de Pierre Louÿs. Il me disait : « Vous pouvez avoir ça chez vous. Pierre Louÿs, ça n'est pas clandestin. » Je lui répondais : « C'est vieux jeu. » J'étais furieuse de ne pas arriver à lui faire comprendre que la mièvrerie poisseuse... complaisante de Pierre Louÿs ça ne convient plus aux filles d'aujourd'hui. Dans ces moments-là, ça me dégoûtait d'être sa maîtresse. J'imaginais ce qu'il imaginait dans sa tête, et de quels rêves bourgeoisement libidineux j'étais l'héroïne passive. Et puis, il ne me menait plus à Barbizon. Ça se passait chez lui, dans son trop grand appartement de cette idiote d'avenue de Messine. Dans des magazines, vous avez vu l'appartement de Sacha Guitry ? Eh ! bien, c'est du pareil au même. Trop d'armoires signées, trop de tableaux de maître, trop d'étendards et de parapluies historiques et des vitrines peuplées de petits trésors. Et monsieur qui agitait sa crinière au milieu avec l'air d'attendre des compliments pour pouvoir répondre : « J'ai l'âme d'un brocanteur, moi. » Tantôt il vous laissait entendre qu'il avait acheté l'objet pour une bouchée de pain, aux Puces, ce qui était une façon de rendre gloire à son flair, tantôt qu'il l'avait payé trois millions, ce qui donnait un peu de poids à sa puissance financière et à « sa passion du beau ». Il répétait souvent ça : « Moi, je suis incurable, j'ai la passion du beau. »

— Ben dites donc, vous ne pouviez pas le voir Maître Caze.

— C'était plus mélangé que ça. Il était intelligent, il disait des choses justes, il avait du goût. Il y avait des jours où je me disais : « Mais il a tout pour lui : grand, beau, pas si vieux que ça, sportif, curieux de tout et connaissant tout, riche et célèbre. » Ben voyez, ça ne suffit pas. Il est toujours resté un étranger pour moi. J'ai été flattée mais empoisonnée quand j'ai compris qu'il m'aimait vraiment. Il s'est décidé à me le dire, un soir, en dînant au Bois. La veille, j'avais trépigné en me disant : « Qu'est-ce que je suis pour lui, une amusette, un objet ! » Voilà qu'il se liquéfiait et je pensais : « Bon Dieu, comment est-ce que je pourrais me débarrasser de lui ! » J'en ai parlé avec Buck. Depuis le début, Buck était contre. Il me disait : « Ce bonhomme, c'est pas ton style. » Il avait même essayé de me dégoûter complètement de lui en prétendant tenir de source sûre que Philippe portait une perruque. Ce qui n'est pas vrai.

« Évidemment, pensa Forbin, si Bastier écoute, il doit se demander avec un peu de consternation sur quel délit je suis en train d'enquêter. »

— Non, le fond de l'affaire, conclut Peny, c'est que l'amour, il voyait ça comme un vice. On peut voir ça comme un absolu, comme un sport, comme de la gentillesse. Lui, d'un côté, il s'était attaché à moi, il voulait me garder à n'importe quel prix, mais d'un autre côté, au lit, il ne voulait que de la boue. Il aurait voulu qu'à certains moments je dise certains mots. Quand il me faisait faire certaines choses, il m'obligeait à le regarder. Il tenait à des rites, pas grand-chose, mais qui devenaient honteux par l'importance qu'il leur accordait. Par exemple, quand j'arrivais chez lui, toute petite sous les cinq mètres de hauteur de plafond, c'était la femme de chambre qui me déshabillait et qui me mettait au lit. Il n'apparaissait qu'ensuite. Je ne sais pas ce que ça signifiait dans sa tête, mais il y tenait. Ninitza, Léone – Léone, c'est une fille qui travaille avec moi à l'O.D.A.C. –, Kouki, qui est vendeuse chez Lanvin, enfin, toutes me disaient : « C'est un fétichiste. » Et Buck : « Il te traite comme une hétaïre. » Le plus beau, c'est que c'est Buck qui a faibli quand je lui ai appris que Philippe laissait entendre qu'il avait envie de m'épouser. Il m'a dit : « Alors, ça devient sérieux ? » J'ai répondu : « Non, ça devient emmerdant. » Et j'en étais là le jour où j'ai pris Alain sous le bras pour l'emmener déjeuner.

— Ah ! oui, c'est vrai, pour le consoler ?

— Pas pour le consoler. Vous voyez ça à votre manière. Un peu comme Philippe : La pauvre petite mignonne qui joue à la consolatrice, qui se laisse prendre aux gestes de la tendresse et dont le séducteur abuse aussitôt. Philippe m'amusait quand il m'expliquait que le rôle de l'homme est de profiter de nos divines faiblesses. J'avais bien regardé Alain, son *Encyclopédie des poissons* sous le bras, et je m'étais dit que ce garçon-là, je le voulais.

CHAPITRE X

— Allô ?... Ah ! mon Dieu !... Décidément, je deviens gâteux, je ne sais pas ce qui m'a pris, j'ai complètement oublié... Non, pas oublié de rentrer déjeuner, oublié de te prévenir... Oui, je me suis dit : « Je vais lui téléphoner que j'ai une audition qui continue », et puis ça m'est sorti de la tête... Oui, j'ai déjeuné ici, sur place... Évidemment, je comprends que tu te sois inquiétée, c'est idiot... Ben c'est ça, à ce soir.

Ayant raccroché, Forbin crut devoir expliquer :

— J'avais oublié de prévenir chez moi que je restais déjeuner à la P.J.

Il ajouta :

— Ça me fait penser : vous aviez peut-être pris des rendez-vous pour cet après-midi ? Voulez-vous téléphoner ?

Elle réfléchit, fit « non » de la tête, puis :

— Vous allez me garder longtemps encore ?

— Je n'en sais rien.

Sur un petit bout de papier, Forbin, après avoir dessiné des raies horizontales, écrivit des noms : Pierre, Blaise, Philippe, Alain. Successivement, au-dessus des noms, il marqua : 1, 2, 3, 4. Puis sur le côté de la feuille, en diagonale, Buck, suivi d'un énorme point d'interrogation. Au-dessous de Pierre, une accolade, et sous l'accolade : octobre 50, juillet 52. Sous Blaise : septembre 52. Sous Philippe : mars 53, juin 53. Sous Alain : juin 53, et un point d'interrogation. Puis : « Premiers troubles, octobre 53. Intervention : janvier 53. Conception : vers la fin septembre 53. Maladroit probable : Alain. » Il souligna probable.

— Vous vous êtes voulu Alain, vous l'avez eu et… ?

— Et quoi ?

Le ton de Peny était bref. Le coup de téléphone avait brisé sa faconde. « Elle a honte de m'avoir raconté tant d'histoires », pensa-t-il.

— Et ça a marché ?

— Si on veut.

— Enfin, vous l'avez gardé ?

Elle ne résista pas à un demi-sourire :

— Oui, je l'ai gardé.

Forbin rapprocha son crayon de l'adjectif probable qu'il avait souligné.

— Depuis, vous n'avez jeté votre dévolu sur aucun autre garçon ?

Sans le vouloir, il avait donné à sa voix un ton sceptique. Elle le regarda, les mâchoires serrées. Ses cils frisèrent.

— Ben, dites donc, j'ai vingt-deux ans, moi ! Vous trouvez que j'en ai pas eu assez de garçons, comme ça ? Moi, il y a des moments où ça m'effraie. Surtout que des filles m'ont dit que, en vieillissant, ça allait en s'accélérant.

Le crayon de Forbin hésita encore : « Non, pensa-t-il, je ne crois pas qu'elle m'en cache un. » Et il barra « probable ». La situation s'éclaircissait. Si l'on admettait que Buck n'était vraiment qu'un copain, ou qu'un soupirant timide, un candidat qui ne se presse pas, l'histoire amoureuse de Peny commençait par la rencontre de Pierre en vacances, à dix-huit ans, sa montée à Paris, où elle perdait aussitôt sa virginité, stagnait ensuite dans une liaison de près de deux ans, que suivait un bref essai heureux et malheureux avec Blaise, une liaison mi-figue, mi-raisin avec Philippe, et depuis dix mois, on en était à Alain. Alain était le père présumé. Il connaissait Danieli. C'était lui qui avait conduit les opérations.

Il fallait réamorcer Peny qui se taisait, le regard sur le plancher.

— Si j'en crois le rapport de votre hôtelière, Alain Bergère n'aurait jamais passé de nuits complètes chez vous. Mais nous avons vu à propos de Buck que cette dame souhaite surtout ne pas se trouver prise en infraction. De toute façon, une enquête précise sera faite. Le plus simple serait donc que vous répondiez sur ces points-là. Pour vos rencontres, alliez-vous chez

Alain Bergère ou Alain Bergère allait-il chez vous ?

— Chez moi. J'aurais préféré chez lui, mais ce n'était pas possible.

— Pourquoi ?

— Des détails.

Brusquement, Forbin repensa à la speakerine qui occupait à l'hôtel Vauvenargues la chambre voisine de celle d'Alain Bergère.

— Ces détails ne s'appelaient pas Hélène ?

Elle le regarda avec étonnement.

— En partie oui, mais ça n'a pas un grand intérêt.

Il trouva que cette réponse confirmait l'hypothèse qui lui était venue : Hélène, la speakerine, était la maîtresse d'Alain qui l'avait plaquée pour Peny. Les difficultés du logement l'obligeaient à rester son voisin. Ce qui le soufflait un peu, c'était l'indifférence négligente de Peny.

— Vous ne vouliez pas lui retourner le couteau dans la plaie.

— À qui ?

— À Hélène.

— Quel couteau ?

— Enfin, s'impatienta Forbin, Hélène savait que vous étiez devenue la maîtresse d'Alain ?

— Oh ! oui, probablement. Pourquoi ?

Elle ajouta :

— Je ne m'en cachais pas. Mais c'est tout de même gênant quand on connaît la locataire d'à côté et que la cloison est si mince qu'on ne peut pas y enfoncer un clou, d'être un peu intime avec un monsieur sur un lit qui, nous l'avons essayé une fois, faisait autant de bruit qu'un bateau à roue.

— C'est Alain qui a attiré votre attention sur les inconvénients sonores de sa chambre ? Ou c'est vous que ça a choquée ?

— Je ne m'en rappelle plus…

Elle avait l'air de lui dire : « Vous avez de drôles de curiosités, à votre âge et dans l'exercice de vos fonctions. » Elle essaya pourtant de se le rappeler, car elle reprit :

— Les premières fois, ça s'était passé chez moi. J'ai dit à Alain que ça m'embêtait à cause de l'hôtelière, à cause de Buck. Puis il y avait Pierre qui tous les six mois venait montrer son nez à Paris. Tous les copains qui s'amenaient à l'improviste. Sans compter Philippe qui ne lâchait pas prise et qui arrivait, grandiloquent, avec des fleurs. Alors Alain m'a dit : « Allons à l'hôtel. » Mais je n'aime pas les hôtels, moi. Pourquoi aller spécialement dans un hôtel puisqu'il avait sa chambre au « Vauvenargues ». Finalement, il m'a emmenée, un dimanche, et c'est lui qui m'a montré en effet combien c'était peu pratique à cause du bruit. Il est très pudique, quand il s'y met. Je me rappelle que nous avons entendu Hélène revenir pendant que nous étions occupés. Elle tournait dans sa chambre en chantant : « Mais moi, pauvre de moi, j'ai ma croix dans ma tête. »

Il semblait en effet à Forbin que sa fille avait, pendant quelques semaines, chanté quelque chose de ce genre.

— Alain, ça l'a douché. Il voulait que je m'en aille, après, sur la pointe des pieds. Sans ça Hélène, à qui il avait emprunté un réveil, sortirait en entendant la porte. Moi, ça m'était égal qu'elle sorte. Mais Alain était persuadé que je serais horriblement gênée de voir Hélène juste après qu'elle nous ait entendus. Enfin, ça a été le seul essai de l'hôtel Vauvenargues.

— Il ne vous est jamais venu à l'idée qu'entre Hélène et Alain…

— Ninitza m'a soutenu ça un soir qu'elle avait beaucoup bu. Ça ne m'a pas beaucoup plu. En tout cas j'ai eu l'impression que s'il y avait eu quelque chose, c'était fini. Hélène ne paraissait plus beaucoup dans la bande. Elle regardait toujours Alain de travers. Et Alain n'aimait pas qu'on lui parle d'elle. Ça devait être une sale fille, d'ailleurs, personne ne l'aimait. Un jour, je ne sais plus qui a dit devant Danieli qu'elle était gouine. Il a répondu : « Dommage que ce ne soit pas vrai, elle empoisonnerait moins les hommes. »

— Vous savez qu'elle a été la maîtresse de Danieli ?

C'était vrai, c'était dans la note de police sur Danieli.

— C'est possible, mais vous savez, ça ne me passionne pas.

Elle ajouta :

— Quand Ninitza était jalouse de Buck, elle lui reprochait toujours d'avoir couché avec Hélène. Et pourtant, Buck ne l'aimait pas non plus, Hélène.

La fille qui couche avec tout le monde sans arriver à être sympathique, il avait déjà rencontré ça. En matière policière, il ne faut pas parier, mais Forbin était prêt à parier que la dénonciation anonyme émanait d'Hélène. D'autant que les deux autres femmes mentionnées avec Peny dans la lettre étaient l'une Ninitza, l'autre l'épouse d'un haut fonctionnaire de la radio. Est-ce que Hélène, speakerine à la radio, avait voulu nuire à cette femme ou à son mari et, pour noyer le poisson, mis dans le coup Ninitza et Peny, en se disant que puisque c'était vrai d'une des dernières, on le croirait de la première ? C'était d'autant plus possible que l'épouse radiophonique, la veille, avait nié et donné à Forbin des alibis qui tenaient : voyage d'étude avec son mari en Amérique à l'époque incriminée. Quant à Ninitza, il était difficile d'imaginer ce qu'avait pu être son entrevue avec la police grecque. Elle avait tout nié en bloc, au petit bonheur, et les policiers avaient retransmis, en ajoutant, pour faire bon poids, une note sur les qualités chorégraphiques de Ninitza, danseuse étoile aux « Champs-Élysées », impasse de la Douane.

— Pourquoi Ninitza est-elle partie, et quand ?

— D'abord, Buck en a eu assez d'elle. Il en avait fait un air qu'il jouait sur sa trompette. Les paroles étaient idiotes, c'était : « Me faut trois filles par semaine, et Ninitza me casse les pieds. » Alors, elle lui a mis un encrier sur sa porte, comme font les soldats au régiment. Buck avait sa nouvelle gabardine. Enfin, c'était tout un pastis. Un beau jour, elle nous a dit qu'elle nous offrait un beaujolais d'adieu et elle a exhibé son passeport sur le zinc. Ça a fait un coup à Buck. Il lui a dit « tu es folle ». Aucun de nous n'était jamais allé à Athènes. Sauf Ninitza, mais elle en était partie à l'âge de deux ans et elle n'avait plus aucun parent là-bas. On cherchait à imaginer ce que pouvait être cette boîte intitulée « Champs-Élysées » qui prenait Nini comme danseuse étoile. Buck lui a dit : « Tu verras, ça finira drôlement. – Je le sais, a dit Ninitza. Un vieux tireur de cartes m'a prédit que je finirais putain dans un bordel à Constantinople. Quand on est à Athènes, Constantinople c'est la porte à côté. »

— Elle est jolie, Ninitza ?

— Plutôt. Des yeux relevés, presque des yeux de biche, un nez drôlement aplati. De grosses lèvres bien ourlées. Ses admirateurs, selon les cas, parlaient de Renoir ou de Gauguin. Mais pas de doute, elle était trop grosse. Peut-être qu'elle maigrit, là-bas, puisqu'on dit que les

Grecs crèvent de faim. Elle avait maigri, à un moment, et ça lui allait bien.

— Elle avait maigri, à la suite… d'une maladie ?

Signe de tête vague de Peny.

— Elle connaissait bien Danieli ?

— Ça dépend de ce que vous appelez bien.

— À quelle époque a-t-elle maigri ?

— Je ne sais plus.

— Vers mai, hein ? Et elle s'est fâchée avec Buck tout de suite après ?

Peny fouilla dans son sac, en sortit une cigarette. Forbin vit réapparaître la boîte d'allumettes italiennes. La flamme dansa, vite éteinte par le souffle de Peny.

— Pourquoi Buck n'a-t-il pas voulu garder le gosse ?

— À cause de la bombe atomique.

La première inspiration de Forbin fut de croire que Peny l'avait vu venir et qu'elle lui avait répondu par l'une de ces scies qui règnent dans les bandes. À toute question, posée d'une certaine façon, on répond : « À cause des mouches » ou « À cause de la bombe atomique ». Ce fut la transpiration sur la lèvre de Peny qui le renseigna. Entraînée par ce qu'il y a de contigu entre une demande et une réponse, elle avait dit vrai.

— Et c'est également pour sauver l'enfant de l'éventuelle bombe atomique que Danieli a offert ses services ?

— Je ne sais rien de tout ça, dit Peny d'une voix étouffée.

Elle soufflait dans sa cigarette. « Il faut qu'elle avoue », pensa Forbin. Il ne tenait pas tellement à faire plaisir au patron. Ce n'était pas le métier non plus qui l'obsédait. Mais sa femme l'interrogerait, à dîner. Il n'était pas rentré, il l'avait inquiétée. Il fallait qu'il pût dire : « La fille a avoué. » Sa femme demanderait en servant les nouilles : « Ça a été dur ? » Sa fille dirait : « C'est bien dommage. » Elle était du côté des hors-la-loi, plusieurs professeurs agrégés l'ayant convaincue des mauvaises intentions de la société capitaliste.

— Vous n'avez pas à me faire déposer sur des faits que je ne connais pas, ou que je connais peu. Interrogez-moi sur mon propre cas, et je vous répondrai.

— Très bien. À quelle date vous êtes-vous aperçue que vous étiez enceinte ?

— Ça m'est souvent arrivé de m'en apercevoir.

Ses yeux s'allongèrent. Ses cils se touchèrent. Ses lèvres n'étaient que défi.

— Ne vous croyez pas trop vite sur un filon, dit-elle. Moi, j'ai des règles irrégulières. Alors, trois ou quatre fois par an je me fais de ces peurs ! Si ce genre d'état d'âme vous intéresse, je pourrai vous décrire la jubilation de la fille qui s'aperçoit qu'elle s'est fait peur pour rien et qui a envie d'embrasser tout le monde dans l'autobus. Les romanciers ne décrivent pas ça parce que ce sont des hommes. Mais en classe, on devrait nous donner ce genre de sujet de devoir : « Une jeune femme s'est inquiétée à tort. Vous décrirez et commenterez sa joie lorsqu'elle est détrompée... »

En quelques secondes, elle avait repris du poil de la bête. Sa peau avait retrouvé tout son éclat. Elle souriait avec des dents bien blanches. « Tu peux toujours plastronner, ma petite vieille, pensa Forbin, tu as mis dans le bain Buck, Alain, Ninitza et enfoncé de deux centimètres la tête de Danieli. »

CHAPITRE XI

Il suivit son regard. Elle avait tressailli.

Ses ongles égratignaient la table. La tête du vieillard décoré pendait en arrière. L'agent de service avait couru avec ses gros souliers. Il aidait le petit inspecteur à lunettes à rehisser le vieux monsieur sur la chaise.

— Ça arrive quelquefois, dit Forbin.

Il avait pitié de cette Peny que les malheurs des autres émouvaient trop facilement. D'autres inspecteurs avaient couru. Des témoins s'étaient levés. On ne voyait plus le vieillard. Le murmure des questions et des exclamations avait arrêté les interrogatoires à toutes les tables.

— Ça arrive quelquefois, reprenait Forbin. S'il ne revient pas à lui, le médecin va vite le ranimer, allez. Ne vous en faites pas.

La tête du vieillard réapparut au-dessus des têtes. On l'emportait à bout de bras, assis sur sa chaise. La porte s'ouvrit devant lui comme par enchantement.

— Je ris, expliqua Peny, qui tremblait, parce qu'il me rappelle, sur leurs palanquins, les rois nègres de mes albums d'images.

L'inspecteur à lunettes se dirigeait vers Forbin.

— Si tu veux que je te remplace, ou que je te donne un coup de main, je suis à ta disposition. Mon zèbre en a bien pour une demi-heure à remettre ses mires en face des trous. Manque de pot, il était en train de tout lâcher.

— Pas manque de pot. Régulier. Ils s'évanouissent toujours à ce moment-là, dit paisiblement Forbin.

— Pas un simulateur, tu sais. Il a donné de la tête dans le parquet, si tu avais vu ça ! Ça n'était pas du « allons-y mollo », c'était du treize à la douzaine.

— Ils ne simulent pas. C'est une façon comme une autre de se débiner. Quand y ne peuvent plus mentir, leur corps vient à leur secours. Tu ne devrais pas trop lui laisser le temps de se remettre.

Les derniers mots agrandirent les yeux de Peny. Elle regarda Forbin avec terreur. Il s'en aperçut. « Tant mieux », pensa-t-il.

— J'avais oublié où j'étais, dit-elle, dès que l'inspecteur les eut quittés. Je ne sais pas comment j'ai pu vous parler aussi librement dans un lieu pareil.

— D'après le rapport des sommiers, vous n'avez jamais eu de condamnation. C'est bien exact ?

— Bien sûr que je n'ai jamais eu de condamnation !

— Votre père ni votre mère non plus ?

— Je suis majeure, laissez mon père et ma mère tranquilles.

— Je vous demande de me répondre par « oui » ou par « non ».

— Non.

— Votre père sera embêté de voir votre nom dans les journaux.

— Dans quels journaux ?

— Paris et province. Pas beaucoup, sept ou huit lignes, mais votre nom dedans. Nous donnerons probablement l'affaire à la presse demain matin. Si vous vouliez vous tenir un peu tranquille je m'en arrangerais, de la presse. On ne citerait que Danieli.

— Comment, me tenir tranquille ?

— Pratiquement, vous m'avez tout dit. Donnez-moi deux ou trois dates précises que je vais vous demander et signez le procès-verbal d'audition. Et moi je m'arrangerai pour que votre père n'ait pas à voir le nom de sa fille dans les faits divers. Pour un directeur de banque, c'est toujours ennuyeux, en province.

— Mon père est en retraite depuis le mois de janvier.

— Tout de même, ça ne vous est pas égal qu'il lise dans…

— Tout m'est égal.

Ses larmes coulaient mais elle gardait les yeux grands ouverts, et ne cherchait pas à les essuyer. Ses mèches s'étaient alourdies et collées sur son front. Ses lèvres avaient séché. Ses mains étaient un peu sales. Elle ressemblait à une compagne de voyage après huit cents kilomètres.

— Si vous vous obstinez, je vais vous faire examiner tout de suite par un médecin.

— Vous savez comme moi qu'il ne verra probablement rien du tout.

— Ça vous amuse d'aller dans une petite pièce, de vous déshabiller et de subir l'examen du médecin ? Si ça vous amuse, allons-y.

— Vous savez bien que vous n'avez pas le droit. Je suis toujours témoin, n'est-ce pas ?

— Exact. Mais j'ai le droit de vous garder jusqu'à demain soir. D'ailleurs, nous avons rassemblé assez de faits pour qu'on vous inculpe. Devant le tribunal, votre sort dépendra de mon rapport. C'est à vous de savoir, pendant qu'il en est encore temps, si vous avez envie d'être acquittée ou condamnée.

— J'ai envie de me taire.

— Dites une quinzaine de mots et vous pourrez vous taire. Nous boirons ensemble un demi et vous rentrerez chez vous.

— Si on m'inculpe, je rentrerai chez moi ?

— Mais bien sûr ! Vous vous prenez pour Landru, non ? S'il fallait garder en prison toutes les petites filles qui se sont fait trafiquer ! Le juge d'instruction vous écoutera quatre ou cinq fois. L'affaire viendra dans six mois. Vous ferez ouf ! en sortant de la salle d'audience, et puis voilà !

C'était le moment anémiant de ces après-midi de printemps, où la lumière est plate, la couleur fade, la vie sans raison.

Tous deux se regardèrent d'un air fatigué.

— Allons, dit Forbin, je ne vous demande qu'une toute petite phrase : « Je reconnais qu'enceinte des œuvres du sieur Alain Bergère, j'ai recouru au traitement du docteur Danieli, sur le conseil de mon séducteur, qui le connaissait lui-même par notre ami commun, Pierre Caraco, lequel avait déjà eu recours à lui pour sa maîtresse, la fille Ninitza, actuellement à Athènes. »

Elle fit non de la tête, sans énergie.

— Cette phrase est l'expression de la vérité, dit Forbin.

Elle haussa les épaules, tristement. Cela voulait dire : « la vérité n'a rien à voir avec ce qui nous occupe ».

— Vous n'espérez pas nous mentir longtemps, dit Forbin. Danieli, Buck, Alain Bergère vont venir passer des heures ici. On les confrontera entre eux, et avec vous. La partie est réglée d'avance. Soyez bonne joueuse.

— Je ferai comme la chèvre de M. Seguin.

Sa fille avait appris ce morceau en classe. Il se la rappelait bien cette résistance de la chèvre, toute une nuit, jusqu'à ce que le loup la mange le matin. Il n'en avait jamais très bien compris le sens. Est-ce que c'était une apologie des causes perdues ? Il se demanda tout à coup si la chèvre n'était pas la fille et le loup le garçon. La chèvre alors résisterait par honneur et par plaisir, en attendant avec appétit le moment d'être mangée.

— Au fait… dit-il.

Il n'avait pas à emporter la partie en lui faisant peur. Elle était encore défaite de la scène du vieillard et du ton nouveau sur lequel il lui avait parlé. Un adoucissement, un retour au bavardage l'attendriraient. Elle se jetterait dans ce havre à corps perdu.

— Au fait, dit-il, comment l'interprétez-vous, *La Chèvre de M. Seguin* ?

Elle leva les yeux et arrangea ses cheveux avec un peu de folie dans les mains, comme si elle caressait des flammes. La douche écossaise la brisait.

— Je ne sais pas, dit-elle.

Il y avait encore sur ses joues des traces grasses de larmes. Elle se moucha, et il crut qu'elle allait se remettre à pleurer.

— Je me demandais, moi, si ce n'était pas un symbole, dit Forbin, vous savez, comme dans les fables. La chèvre serait la fille et le loup serait le garçon.

Le regard de Peny implora : « Où voulez-vous en venir ? »

— Ma fille récitait ça quand elle était en cinquième.

« Ce que je dis est vrai, pensa Forbin. Mais si Bastier m'entendait, il me dirait qu'il aimerait mieux donner des coups que de faire donner les récitations de sa fille en cinquième pour faire envoyer une autre fille en prison. »

— Moi aussi, dit Peny, je l'ai apprise par cœur en cinquième.

— Vous vous la rappelez ?

— Non. J'apprenais très mal mes récitations. Pourtant, j'aimais réciter. Mais pour moi. J'apprenais d'autres morceaux que ceux que les professeurs nous indiquaient. Même, je m'amusais à les réciter à ma mère. Maman me félicitait et après elle ne comprenait pas pourquoi j'avais un 2 en récitation. Elle mettait en cause ma timidité. Mon père croyait que le professeur m'en voulait. Ça me faisait rire. D'ailleurs, mon père n'était jamais là, il naviguait. Le jeudi, j'allais apprendre mes fausses récitations dans l'herbe, au bord de la Loire. J'avais une belle bicyclette et des jupes qui étaient fameuses, ruc dcs Tourneurs. C'était là que nous habitions. Des jupes larges à raies roses. Le dimanche matin, je jouais au ballon avec les garçons, derrière l'église Saint-Eustache. Enfin, derrière ce qui en reste, parce que nous avons pris quelque chose sur la tête, en 43.

— C'est vrai, vous aviez quel âge, au moment des bombardements ?

— Douze, treize ans. C'est à eux que je dois mon premier pyjama. Ma mère disait : « Une fille, c'est fait pour une chemise de nuit. » Mais les chemises de nuit ne sont pas pratiques pour descendre dans les caves. Je l'ai choisi moi-même, il était à grandes lignes roses, lui aussi. Est-ce que j'aurai le droit de porter quand même un pyjama si je vais en prison ?

— En prévention, oui.

Il était fâché de ce retour, par un biais féminin, aux préoccupations graves. Au moment où elle commençait de se détendre, ses sourcils s'étaient de nouveau froncés. Mais elle sourit :

— La semaine de la Libération, il faisait si beau, si chaud, que nous étions parties entre filles à bicyclette et nous nous sommes baignées toutes nues dans la Loire, entre Nantes et Saint-Nazaire. Ma mère l'a su et m'a dit : « Tu ne te marieras jamais et tu iras en prison si tu continues. » J'avais douze ans. Elle avait l'œil, ma mère, elle voyait loin. Et pourtant, j'y tenais à me marier. Je ne pensais qu'à ça. Après l'accident de papa, quand nous avons changé de vie, que nous avons débarqué à Besançon, à peine sur le quai je me suis mise à lorgner autour de moi, je cherchais déjà mon prince. Ma sœur me disait : « Tu es piquée. »

— Vous avez une sœur ?

— Elle s'est mariée, elle. Au sous-préfet de Corte. Ils sont venus pour les Arts ménagers. Un rien les amusait. Il m'a confié qu'il la trompait avec sa bonne mais qu'elle le roulait sur les comptes du ménage. Un couple comme il en faut pour que la France prospère, je suppose ? Oh ! ce n'est pas elle qui risque de passer ses journées à la P.J. C'est drôle, la société a l'air de préférer ce qui est pâteux à ce qui est vivant !

Elle bouscula ses cheveux et observa :

— C'est normal, ce qui m'arrive. À quinze ans, au lycée, j'étais pour Antigone et j'écrivais des poèmes en l'honneur des condamnés à mort. J'ai oublié *La Chèvre de M. Seguin*, mais je me rappelle ce poème-là. Je le récitais comme à « La Rose Rouge » où j'étais allée pendant mon passage à Paris, quand papa s'est fait opérer.

Elle examina insolemment Forbin et commença sur le ton des poétesses des caves, qui est monocorde et déplace si subtilement l'accent tonique que le français devient une langue légèrement étrangère :

— Bonjour ! dit le condamné à l'aube
Un ban pour le condamné à mort
Il a des chaînes mais pas en or
Il joue aux cartes avec ses gardiens

Qui ne sont ni Ali Khan ni maharadjas
Ni les beaux salauds des casinos
Et sur ce qu'on va lui couper qui s'appelle tête
Il a deux fossettes
L'une à gauche et l'autre à droite
À bâbord et à tribord
De la guillotine.

Elle reprit son souffle pour ajouter :

— Ça s'appelle : « C.Q.F.D. »

— Ah ! oui, murmura Forbin. Oui, évidemment. Et c'est exprès que ça ne rime pas. Je sais que c'est exprès, ma fille m'a parlé de ces choses-là.

— Il y avait un garçon qui le disait si bien, au lycée, ce poème, que je pensais : « Ça n'est plus de moi, c'est de lui. » C'est un peu comme ça que j'ai pensé à devenir comédienne. Pour m'emparer des choses. Ça m'avait aussi rendu amoureuse du garçon, naturellement. Nous nous sommes embrassés. Son père a été nommé en Indochine. Au bout de trois mois je l'avais oublié, mais j'étais affolée de m'être laissé embrasser par quelqu'un d'autre.

— Autre que qui ?

— Autre que celui que j'attendais, l'absolu, l'éternel, l'indicible. Puis je suis entrée dans la bande du café Marçot. J'y ai régné tout de suite. On m'embrassait à droite et à gauche. Je me disais : « Je Lui expliquerai. Il comprendra. »

Parce que naturellement, dans mon imagination, il comprenait tout. Il était très intelligent, tout beau, et n'avait qu'un défaut, il en fallait un pour donner de la réalité au reste : celui d'être maladroit de ses mains, ce qui achevait de le rendre charmant.

— Et ça a été Pierre ?

Elle tiqua et se mit à se ronger les ongles. Puis :

— Bien sûr aujourd'hui ce serait ridicule de le comparer avec son modèle, mais à cette époque-là, je vous assure, quand je l'ai connu en maillot de bain à Saint-Tropez... En somme, c'est comme si on riait d'une voiture de 1920. Pour l'époque, elle a été merveilleuse, la voiture de 1920. Pauvre Pierre...

Depuis quelques instants, le crayon de l'inspecteur pointait de nouveau sur le nom d'Alain Bergère. Il en était au point où l'enquête est un joli petit tas de perles qu'il s'agit d'enfiler. Le fil de l'interrogatoire devait repasser par Alain.

— Oui, mais Alain, c'est du 1954 ? Il colle avec l'idéal, lui ?

— Alain, c'est pas la même chose.

CHAPITRE XII

— Ah ! non, non, tout de même !

La voix était faible et pourtant elle fut entendue dans toute la pièce. Peny et Forbin tournèrent la tête en même temps. Le vieillard décoré répéta encore :

— Tout de même…

Il était debout devant la table de l'inspecteur à lunettes. Il tenait encore à la main le stylo avec lequel il venait de signer son interrogatoire. Un gros agent blond lui tendait les menottes. C'était elles qu'il regardait briller en répétant : « tout de même ! »

— C'était réglé comme du papier à musique, dit Forbin. C'est moi qui ai commencé cette affaire-là. Son cas était net comme torchette.

Les menottes claquèrent.

— Qu'est-ce qu'il a fait, un crime ?

— Vous imaginez déjà un beau crime, et un assassin bien intéressant ! Escroquerie aux appartements. Il inspirait confiance avec sa décoration.

— Et elle était fausse, sa décoration ?

— Du tout. Un héros de la Marne.

La porte s'était refermée sur l'escroc et son gardien. Derrière les vitres, le ciel avait viré au rose. La clarté de la pièce se cendrait. Sur deux tables, les lampes s'allumèrent. Forbin ne toucha pas à la sienne. Peny regardait toujours la porte, la porte de l'enfer qui avait avalé le vieux monsieur. Son visage avait peur. La noyade commençait. Elle devait inventer le froid des menottes sur ses poignets, les insultes sales des gardiens dans les couloirs, la promiscuité du trou où on la plongerait, avec des putains et des voleuses. C'est le moment où l'interrogé se raccroche à l'interrogateur comme à un ami. Ils s'enlacent amoureusement. L'accusé sait qu'il est un accusé anonyme pour les autres inspecteurs, pour les gardiens, pour les visiteurs. Seul son bourreau connaît son cas, le distingue des autres, le reconnaît comme une personne, ne le considère pas comme un objet. Il faut renforcer l'interrogateur dans cette attitude, l'obliger à vous estimer. Le problème de celui qui répond n'est plus de mentir et de s'en sortir mais d'obtenir de l'estime et de la sympathie, quitte à finir dans la cellule des condamnés à mort. Ce qu'il veut c'est, comme l'amante, un « tu n'es pas comme les autres ».

— Ils nous ont dérangés, dit Forbin.

Ainsi, il lui proposait l'existence de leur petit clan, autour d'une table obscure. « Que la P.J. poursuive sa froide besogne, nous sommes là tous les deux. » Peny soupira.

— Si nous fumions un peu, proposa Forbin.

Il se pencha et leurs visages furent proches, éclairés par la même allumette.

— Vous me disiez qu'Alain Bergère, ce n'était pas la même chose. La même chose que quoi ?

Comme elle ne répondit pas tout de suite, il proposa :

— Pierre, vous l'aviez choisi par rapport à votre idéal, tandis qu'Alain Bergère vous l'avez vu avec son encyclopédie sous le bras et ça a été un coup de sang.

— Je le connaissais à peine. C'était Buck qui, m'ayant entendue dire que nous cherchions un autre courtier, l'avait envoyé chez nous. Ce matin-là, j'étais invitée à déjeuner par Philippe. Au téléphone, je lui ai dit que j'étais prise. J'ai menti avec beaucoup d'assurance et pourtant je mens encore plus difficilement au téléphone que dans la vie. Mais j'étais transportée. Je n'avais qu'une idée : me trouver dans les bras de ce garçon.

— Qu'est-ce que vous lui voyiez d'extraordinaire ?

— Mais, il est très beau, Alain ! Grand, mais pas trop grand, les hanches d'un gondolier, un menton de petite brute, des lèvres où on a envie de mettre les doigts. Et cet air emprunté qu'il avait, timide, quelque chose d'absent dans les yeux. C'est d'ailleurs un de ses charmes, son visage ne bouge pas. Dans la rue, il m'a avoué que le choix du restaurant le terrifiait. Il ne lui restait que trois cents francs. Il ne comptait pas déjeuner. Il s'est déridé pour m'expliquer qu'il ne serait pas mort de faim pour autant : les gens l'avaient tous foutu à la porte, avec son encyclopédie, sauf trois enfants qui étaient seuls à la maison et que les poissons en couleur avaient ravis. Les enfants ne pouvaient pas acheter le livre, mais ils lui avaient donné des bouchées au chocolat. L'encyclopédie était même tachée de chocolat. Non seulement il n'en vendrait jamais une mais il lui faudrait sans doute rembourser celle-là. Il avait quand même de la reconnaissance pour les gosses. Il m'a sorti la dernière bouchée qu'ils lui avaient mise dans la poche. Nous l'avons mangée en marchant. Figurez-vous que j'avais une robe d'été, toute neuve, en popeline. Je me disais : « Dire que j'aurais pu attendre demain pour la mettre ! » Le vent l'agitait autour de mes jambes, nous marchions très vite. Alain marche très vite, même quand il n'a rien à faire.

— Vous avez tout de même déjeuné ?

— J'ai choisi un restaurant beaucoup trop cher pour nous, avenue Marceau, parce qu'il avait une terrasse sous des platanes, comme dans le Midi. J'ai dit à Alain : « Je paierai et vous me rembourserez votre part quand vous aurez vendu beaucoup d'encyclopédies. » Dans le restaurant, tout le monde a été mignon avec nous, comme si on comprenait que ce qui nous arrivait était éclatant et que nous étions sous pression. Enfin, moi, j'étais sous pression. Alain me regardait. Je me disais : « Je devrais aller plus souvent chez le coiffeur. » Nous avons fini avec des glaces. On ne nous a pas apporté les parfums que nous avions demandés. Nous avons ri. Nous avons mélangé nos glaces, nos cuillers. Je lui ai dit : « Je suis bien avec vous. » Nous nous sommes retrouvés le soir chez moi.

Ce souci n'avait rien à voir avec l'enquête, mais Forbin avait envie de savoir quelle note avait obtenue Alain. Plus ou moins que Blaise ? Cette question le travaillait parce qu'il s'interrogeait sur son cas. Peut-être que Mme Forbin n'avait jamais rien connu de définitif, ni lui le plaisir de déchaîner une vraie tempête.

— Ça s'est bien passé ?

— Physiquement, j'ai peut-être été moins heureuse qu'avec Blaise, mais ça allait plus loin. Je l'aimais. On ne peut pas tout avoir. Toute cette semaine il a fait beau, et j'ai travaillé merveilleusement. C'est vrai qu'on ne peut pas tout avoir : il y avait Philippe.

— Ah ! ben oui, c'est vrai, Philippe, comment ça s'est passé ?

— Je ne pouvais plus supporter qu'il me touche et lui n'y comprenait rien. Je cherchais des raisons, je disais que j'étais souffrante.

— Ah ! parce que vous ne lui avez pas expliqué carrément ?

— Dites donc, une rupture avec un type qui vous adore, c'est pas une partie de plaisir. Ça ne se fait pas comme ça. Avec Pierre, ça avait été tout seul, nous étions au fond d'accord tous les deux. Blaise, il n'y avait pas eu de liaison, et c'était lui qui s'était chargé du crochet à l'estomac. Enfin, avec Philippe, je nageais comme je pouvais. Je manquais ses rendez-vous. À d'autres moments, il me faisait pitié. Et puis je le détestais. Et puis, un soir, je le trouvais plus cultivé qu'Alain. Vous comprenez, quand Alain râlait contre tous les gens qui avaient réussi, il me faisait penser à Pierre, sur la fin. L'autre, au moins, était un homme. Un homme qui ne me plaisait pas, un homme avec qui je n'avais pas envie d'aller à Saint-Tropez, voilà. Parce que je m'étais mis dans la tête d'aller à Saint-Tropez avec Alain. Je m'étais fait une telle image de nos petits déjeuners sur un lit ravagé, dans un rayon de soleil, avec la mer au bout… J'avais fait donner une liste de bons clients de tout repos à Alain, qui, muni de livres plus séduisants, commençait à gagner de l'argent. Je me disais : « De Saint-Tropez, j'écrirai à Philippe. » Et puis, ça a été la salade. Philippe est venu un soir, à l'hôtel. On lui a dit que j'étais là. Je n'ai pas voulu ouvrir. Il a entendu la voix d'Alain. Il a laissé ses fleurs dans la poussière du couloir. De son côté, Alain, au bout de vingt-quatre heures de réflexion, se décide à comprendre. Alain est très jaloux, c'est une des qualités que j'avais prêtées à mon prince. En plus, j'étais brouillée avec Buck. Nous nous étions disputés une première fois parce que je trouvais qu'il se conduisait mal avec Ninitza. La seconde fois, ça a été plus grave. Je lui avais emprunté dix mille francs. Quelques jours après, il voit que j'avais acheté un disque de Bach, la *Suite française*. Je l'avais entendue chez Philippe. Il m'a dit : « Tu ferais mieux de me rembourser plutôt que d'acheter du Bach. » Il le déteste. Moi j'aime Bach, mais ça ne m'empêche pas d'aimer le New-Orleans. Enfin tout allait bien et tout allait très mal. Philippe est parti en vacances. La dernière rencontre a été épouvantable. Nous avons traîné jusqu'à quatre heures du matin, en discutaillant. Je ne voulais pas monter chez lui. Finalement, j'ai accepté d'aller faire une dernière fois l'amour avec lui dans un petit hôtel. Il était bouleversé, nous n'avons rien fait. À Saint-Tropez, j'ai tout oublié.

— Vous y étiez avec Alain ?

— Oui, ça a été presque parfait. À des détails près. Le rayon de soleil sur le petit déjeuner, nous ne l'avons pas eu, la chambre donnait vers l'ouest. Alain continuait de m'empoisonner à cause de Philippe. Son grand truc était de me faire parler. Quand j'avais donné des détails, il s'étranglait. Il me battait avec sa ceinture. J'étais jolie le lendemain sur la plage ! Et puis il a presque tout dépensé notre argent au début. Après ça, il s'est mis à en emprunter à des gens antipathiques. Et puis, il s'est payé des crises de mélancolie. Je n'aime pas remonter les hommes, j'aime que les hommes me remontent.

Elle fit sa petite moue.

— En fin de compte, c'est lui qui est remonté à Paris. À la boîte, on s'impatientait, on trouvait qu'il s'éternisait à Saint-Tropez. D'autant que cette année les gens étaient rentrés plus tôt et que la prospection pouvait recommencer. Je l'ai mené à la gare. Il était bien beau, bien noir. Je suis montée sur le marchepied. Je suis rentrée toute triste. Deux jours après, je partais pour Toulon. Pour que mes vacances durent jusqu'au 25 septembre, j'avais promis au patron de passer à notre centre de Toulon, au retour, vérifier les listes et donner du mordant aux courtiers locaux. Le 24, j'ai donc pris le car. J'ai passé ma journée dans la paperasse et dans le baratin. Le soir, il faisait chaud. J'ai refusé de dîner avec le directeur départemental. J'avais envie d'être seule. Puis j'ai été malheureuse dès que j'ai été seule. Les platanes me faisaient penser à Alain. Les ruelles étaient pauvres, avec des vestes de marin à vendre dans les boutiques, et des courgettes.

J'ai bu un pastis sur une place où il y avait une fontaine. Le bistrot avait le téléphone. J'ai appelé Pierre. Je suis tombée sur son père. Ils ont la même voix. Je ne comprenais pas pourquoi mes gentillesses étaient accueillies aussi froidement. À la fin, je lui ai dit : « Écoute, tu sais, c'était chic de ma part de te téléphoner en passant, mais si tu te figures que je meurs d'envie de te voir, il y a erreur sur la personne. » Alors, on s'est expliqué, et il m'a donné le numéro de téléphone de son fils qui était encore à l'usine.

— Et vous avez passé la soirée avec le vrai Pierre ?

Forbin tenait son offensive prête. Il était paré. Il fallait juste montrer encore un peu d'intérêt à Peny avant d'enclencher.

— Oui, le pauvre, il a sauté de joie à l'appareil. Un quart d'heure après il était là. Je buvais mon troisième pastis avec lui sous les platanes. Il me disait : « Crois-tu, mon père me fait travailler encore à cette heure-ci ! » D'un autre côté, il n'était pas mécontent. Il m'a fait monter dans sa 4 CV avec orgueil. La 4 CV était au nom de l'usine, mais bientôt, il en aurait une à lui. Il ne voulait pas que nous traînions dans les bistrots où on pourrait le voir. Nous avons traversé Toulon par de grandes avenues un peu tristes, poussiéreuses et nous avons fini au « Planteur », une espèce de restaurant boîte de nuit avec sur chaque table une petite lampe rose emberlificotée de moustiques morts. Tout compte fait, j'étais contente de le revoir. Maintenant que nous avions dételé, je ne lui en voulais plus de m'avoir déçue. Nous reparlions des débuts. J'étais émue et tranquille en même temps. C'était comme si nous nous rencontrions après notre mort.

Elle s'arrêta, rêveuse. Son regard agile devenait myope, dans ces moments-là. « La voilà sous le charme de ses souvenirs, pensa Forbin, elle va me réciter le menu de leur dîner, je n'y couperai pas. »

— En somme, je parlais de Pierre avec Pierre. Le nouveau Pierre, pour être plus sûr de ne pas ressembler à l'ancien, à celui qui m'avait affolée quatre ans plus tôt, s'était laissé pousser une de ces moustaches en crosse de pistolet, comme on les avait portées un moment à Saint-Germain-des-Prés...

— Je sais, dit Forbin. Vous m'aviez déjà parlé de ses moustaches.

Il cherchait à se rappeler ce qu'elle avait ajouté à propos de ces moustaches toutes neuves. Un peu inquiet, il se demandait si elle n'avait pas laissé entendre qu'il s'était passé des choses entre un Pierre moustachu et elle. Est-ce que c'était cette fois-là ?

— Vous n'êtes pas retombée amoureuse de lui, ce soir-là ?

— Mais non, je vous dis que je ne pensais qu'à l'autre Pierre. Quand le nouveau me prenait les mains je me laissais faire, mais sans plus. Je les connaissais bien ses mains, y compris la cicatrice, allongée par la croissance, d'un coup de canif reçu d'une petite fille en jouant à la carotte, à cinq ans. Quand nous nous étions connus à Saint-Tropez, j'étais folle de morphogonie. Je lui avais trouvé de beaux doigts. Il m'avait raconté la cicatrice. Sa ligne de chance n'était pas parfaite, mais s'annonçait bien. En haut de la paume, j'avais décelé le mamelon de la sensualité, de l'orgueil, de l'esprit d'entreprise et de l'intelligence universelle. J'étais très forte à cette époque-là ! Et puis ses mamelons se sont couverts de corne, nous nous étions mis à pagayer. On ne voyait plus que nous deux. Ma mère me disait : « Que font ses parents ? » Elle pensait mariage. Moi aussi, je pensais mariage, mais pas un mariage ordinaire : se marier aux cinq cents diables, devant un agent consulaire et le ministre d'une religion peu répandue. D'ailleurs, nous nous étions inventé une langue qui ressemblait vaguement au latin. Quand nous voulions nous poser des questions ou nous faire des confidences qui nous gênaient, nous recourions à notre langue. Quand il a voulu savoir si j'étais toujours vierge, il m'a demandé si j'étais « intacta ». Comme il avait fait du grec, notre patois comprenait quelques mots grecs. Je t'aime se disait : « philo te ». Un soir, l'avant-veille de la fin des vacances, le mistral s'est mis à souffler.

Nous jouions aux cartes sur la place. Les cartes se sont envolées et les draperies de la terrasse claquaient comme des voiles contre les tables. Nous avions laissé notre canoë en lisière de mer. Les vagues pouvaient l'enlever. Nous avons couru. La plage était déserte. Nous courions contre le vent en vociférant pour rire, ce qui achevait de nous couper le souffle : « L'océan était vide et la plage déserte. » Nous avons hissé le canoë sur le haut de la plage. Nous étions morts. Je me suis laissée aller au fond du canoë et j'ai appelé Pierre. Dans le creux du bois, il faisait tiède. Nous nous serrions, avec au-dessus de nous le vacarme du vent qui ne nous touchait pas. Théoriquement, c'est cette nuit-là que j'ai été à Pierre. Pratiquement, ça n'a pas bien marché. Il était énervé. Je pensais à ma robe qui s'esquintait sur les arceaux sableux du canoë. Et puis nous avons entendu des rires. Dans l'oreille de Pierre, j'ai murmuré : « À Paris. » Car c'était décidé, j'allais faire mon droit à Paris. Lui n'avait plus qu'une année avant d'être avocat. Mes parents ont cédé…

— Vous vous êtes installée à l'hôtel ?

— Mon père m'a trouvé une chambre chez son cousin. C'était pratique. Le cousin, qui était de la Transat, passait huit mois à Dakar, à New York ou ailleurs. Et moi, je passais ma vie dans la chambre de Pierre, place Dauphine. Nous l'aménagions. Dans notre mythologie, au début, il y avait eu le canoë et grâce à nos talents de constructeurs, il était devenu cette chambre. Dans *Les Vacances* de la comtesse de Ségur, vous vous rappelez, la construction des cabanes ? Au plaisir de s'être fait une cabane, ajoutez celui d'être amoureux et faites bon poids ! Et le plaisir de vouloir conquérir le monde ! Et le conquérir bien. Pierre passerait sa vie à traquer l'iniquité, à triompher des manœuvres des puissants. Sa voix réduirait au silence, devant un public ébloui, les clameurs des chiens de garde de la bourgeoisie. Je travaillais ferme pour être digne de lui. Pourtant, j'ai dû m'apercevoir assez vite qu'il n'était pas digne de moi, qu'il était plus faible, plus prudent, plus borné. Quand je lui trouvais un défaut, j'essayais de le transformer en qualité. Quand je me suis aperçue qu'il n'avait pas le sens du ridicule, j'ai décidé de m'en féliciter : le sens du ridicule, c'était décadent, petit-bourgeois, sans grandeur. Un jour que Pierre était allé chez ses parents, et que j'étais seule dans sa chambre, je me suis demandé si je ne préférais pas cette chambre à Pierre, si je n'étais pas tout simplement amoureuse de la place Dauphine, de ses petits bancs fabriqués par Peynet, et de ses chants d'oiseaux le matin. Lui, Pierre, ne s'intéressait pas à la place. Il se donnait le torticolis pour apercevoir, à l'autre bout, sur la droite, les majestueux, les horribles escaliers blancs du Palais.

— Et ce soir-là, dans votre boîte de nuit toulonnaise, vous avez reparlé de tout ça ?

— Moi, j'essayais. Je lui disais : « Tu te rappelles ça », « tu te souviens, le jour où ». J'étais comme un ami d'enfance. J'aurais voulu que nous passions une soirée d'amants d'enfance... Lui me parlait obstinément du contentieux, d'un collègue qui l'embêtait, des entourloupettes qu'on lui faisait, de ses succès dans la bonne société de Toulon. Il y avait une histoire d'amiral que je n'ai pas suivie. Nous avons dansé. Ce n'est tout de même pas désagréable de retrouver un corps qu'on connaît par cœur, même quand ce corps a grossi. J'ai assez vite compris ce qu'espérait Pierre.

Forbin, lui aussi, commençait à comprendre. Il éprouva une brusque colère. Si cette idiote s'était redonnée à Pierre, cette dernière semaine de septembre, la culpabilité si commode d'Alain Bergère en prenait un coup dans l'aile.

— Et vous, demanda-t-il avec anxiété, vous en aviez envie ?

Il était furieux qu'on lui compliquât le travail. L'ombre le séparait d'elle. Autour d'eux, dans la grande salle, de petites lampes brillaient. De l'autre côté des vitres, c'était la nuit, une nuit encore vaguement teintée. Il eut envie d'allumer brutalement la lampe, mais garda cet effet de lumière pour plus tard.

— Moi, je n'en avais pas envie du tout, dit paisiblement Peny. Mais ça m'amusait de le mettre dans tous ses états. Vers deux heures du matin, nous dansions d'une façon de plus en plus inconvenante. D'habitude, je ne peux pas jouer ce rôle-là, mais ce soir-là, je me sentais douée. Bien faire monter le garçon et lui dire : « Maintenant, mon chéri, je suis fatiguée, je vais me coucher, bonsoir. »

— Et vous le lui avez dit ?

— Oui.

— C'est très bien !

— Je le lui ai même dit plusieurs fois, parce qu'il s'accrochait. Il prétendait que, maintenant, il faisait très bien l'amour. Il ne voulait pas que je reste sur le souvenir du garçon malhabile qu'il avait été. Il se confiait. Il me disait qu'il avait bien compris qu'entre nous ça ne marchait pas assez bien. Il m'a fait rire en me racontant qu'il était allé demander des leçons à des prostituées. Pour une fois, il acceptait de lui-même de se dépeindre dans une situation ridicule, mais c'était touchant. Il m'a dit qu'au début il ne s'en faisait pas parce qu'il croyait que l'amour suffisait pour donner finalement le succès, même aux plus inexpérimentés. Une putain même le lui avait dit. Et cela rejoignait ce que lui avait raconté sa mère devant une cathédrale qu'il admirait. Elle prétendait que ceux qui l'avaient bâtie n'avaient pas plus de talent ni de connaissance que d'autres, que s'ils avaient réussi un chef-d'œuvre, c'était parce qu'ils avaient la foi. Il avait sept ou huit ans mais je me demande si cette assurance ne l'a pas soutenu ensuite dans son espoir de devenir un grand avocat. Il attendait le talent de sa conviction.

— Enfin, vous avez beaucoup bavardé...

— Oui. Et puis j'ai compris que je l'avais excité, que je lui avais donné lieu d'espérer, que ça ne serait pas bien, que par honnêteté, j'étais obligée d'y passer.

Forbin poussa un soupir. En homme d'ordre, il chercha son crayon et, malgré l'ombre, réécrivit « probable » au-dessus du « probable » qu'il avait trop tôt barré à la suite du nom d'Alain Bergère. Et dessous, il ajouta : « Pierre » avec un point d'interrogation.

— C'était à quelle date ? demanda-t-il.

— Je vous l'ai dit, le 24 septembre.

Sous la table, il compta sur ses doigts. Pierre était autant qu'Alain dans la course. Décontenancé, il enchaîna par politesse :

— Ça s'est bien passé ?

— Il n'avait fait aucune découverte, ou bien c'est moi qui n'y ai pas mis du mien. À huit heures du matin, j'ai repris mon train furieuse, abrutie.

— Vous regrettiez à cause d'Alain ?

— Oh ! non ! Je n'aurais pas voulu tromper Alain, mais...

— Ben qu'est-ce que vous appelez tromper, alors ?

— Céder à un nouveau garçon. Avec Pierre, ça ne comptait pas. La preuve, c'est que ça ne changeait pas mon chiffre. Seulement, c'était idiot, ça ne voulait rien dire. Je n'avais plus qu'à oublier ça en vitesse.

Il distinguait Peny en ombre chinoise, avec un peu de lumière dans ses cheveux en désordre à cause de la lampe de Bastier.

Elle dit :

— Et je l'ai oublié en vitesse. Seulement, quinze jours après, j'ai bien été obligée de me le rappeler. Vous parlez d'une situation : ne pas savoir qui ?

CHAPITRE XIII

Du bout du doigt, il avait branché la lampe. La lumière électrique buta sur le visage de Peny. Puis ses yeux se fixèrent.

— Eh bien oui ! dit-elle, je l'ai laissé échapper, vous êtes content ?

— Je le savais. Je voulais vous l'entendre dire. Ce que j'ignorais seulement c'est que…

— Que j'étais enceinte de deux garçons ? Mais ça n'a pas grand intérêt pour la police, que je sache ?

Le regard à terre, les dents serrées, elle parlait d'une voix étale comme lorsqu'elle avait récité son poème sur les condamnés à mort. Elle ajouta :

— Ça ne met pas en cause Danieli.

— Si.

Elle avait perdu l'équilibre, il fallait la faire tomber. À qui ment, on fait mal avec de la vérité. À qui ne ment pas, ce qui était le cas de Peny, on administre des mensonges. Il ouvrit le dossier et feignit de rechercher une pièce imaginaire.

— Au cours de la perquisition qui a eu lieu chez le docteur Danieli, on a examiné le fichier qu'il tenait sur ses malades. Au mois d'octobre, à la suite de la nuit que vous aviez passée chez lui avec vos camarades, il a ouvert une fiche sur vous, dans laquelle il indiquait que vous étiez enceinte.

— Je vous l'ai déjà dit, donc je ne vois pas l'intérêt de cette fiche.

— Elle renforce les présomptions. Danieli, en octobre, vous savait enceinte. En janvier, vous faisiez appel à lui à propos d'une hémorragie en ajoutant que vous aviez fait exactement ce qu'il vous avait dit de faire. Je voudrais n'avoir dans ma carrière que des affaires aussi claires que celle-là. Alors cessons de flâner, si vous le voulez bien. Vous n'avez aucun intérêt à retarder l'enquête. Vous vous êtes aperçue que vous étiez enceinte à quelle époque ?

— J'ai eu des craintes à la fin de la première semaine d'octobre. Mais vers la fin du mois, j'espérais encore.

— Vous avez pris des choses ? De la quinine ?

— Non. Une purge spéciale. Et des piqûres. J'ai d'ailleurs fait tout ça trop tôt. Si je me suis évanouie chez Danieli, c'est à cause des piqûres et non de la grossesse. Je le lui ai dit.

— Qu'est-ce qu'il vous a répondu ?

— Des âneries. De bons conseils.

— Il ne s'est pas offert à…

— Je ne le connaissais pas.

— Vous avez parlé de votre situation à Alain ?

— Au début, non, ça m'embêtait de l'embêter. Et puis c'était lourd à porter, ce qui est bien le cas de le dire. Il a fallu que je me décide.

— Naturellement, vous ne lui avez pas parlé de Pierre ?

— Au début, non. Et puis pourquoi « naturellement ». Je n'ai pas « naturellement » l'habitude de mentir.

— Et à Pierre, vous n'avez pas écrit ?

— La nuit de Toulon, il avait été si sentimental, en apprenant ça, il aurait été capable de vouloir m'épouser. Je l'ai bouclée. Mon seul conseiller était Buck.

— Qu'est-ce qu'il vous conseillait ?

— De ne pas faire l'idiote.

— C'est-à-dire de garder l'enfant ?

— Faire l'idiote, ç'aurait été de garder l'enfant. Il n'était pas au courant de l'affaire avec Pierre, lui. Il croyait que l'enfant était sûrement d'Alain. Il me disait : « Ne cherche pas à épouser Alain, il ne te vaut pas. Tu es trop jeune pour avoir un gosse à toi toute seule. »

— Et les semaines passaient ?

— D'autres filles m'ont donné des recettes que j'ai essayées pendant le mois de novembre, sans succès. J'ai bien vu qu'il fallait agir en fin décembre. Alain m'a dit, quand je l'ai prévenu : « Si nous nous mariions ? »

— Pourquoi avez-vous refusé ?

— Vous voyez tout du haut de votre génération ! Pour une fille d'aujourd'hui, le mariage c'est pas la panacée. Montherlant date, avec ses jeunes filles qui cherchent un mari à tout prix ! Naturellement, je suis persuadée que si votre fille s'était trouvée dans ma situation, et que le coupable se soit offert à l'épouser, vous les auriez mariés en vitesse, sans vous occuper du reste.

— Quel reste ?

— Le mari. Je n'étais pas sûre d'aimer assez Alain pour l'épouser. Et puis je n'avais plus tellement envie de me marier. Tant qu'à faire que de trouver des princes approximatifs qui se dévaluent en six mois, il vaut mieux les prendre comme amants. Et on se marie vers trente ans. D'ailleurs, même si j'avais aimé Alain comme au début, je n'aurais pas marché.

— Pourquoi ?

Le regard de Peny signifia : « Êtes-vous assez brute pour ne pas comprendre ? »

— Je n'étais pas sûre que ce gosse soit de lui. Durant ce mois-là, j'avais fait beaucoup l'amour avec lui, et très peu avec Pierre. Mais avec Alain, nous étions mieux installés. On pouvait prendre des précautions. Alain est un prudent. Pierre était dans tous ses états, au contraire. Et puis ça s'est passé au premier étage du « Planteur », dans une chambre-salon assez sommaire. Donc, les chances étaient également réparties. Je l'ai expliqué et réexpliqué à Danieli.

— Parce que vous le voyiez souvent ?

— Nous allions dîner ensemble. Je lui demandais de m'aider sur tous les tons. Au début, j'avais suggéré. Et puis j'y suis allée carrément. Il ne voulait rien entendre. Il a été touché le jour où je lui ai raconté pourquoi j'avais les yeux si tirés. J'avais passé une nuit blanche. J'ai deux cents bouquins dans ma chambre. Je les ai tous reparcourus pour essayer de trouver une fille dans ma situation : enceinte sans savoir duquel des deux. Rien trouvé, même dans mon cher Giraudoux. Danieli s'est arrêté de manger ses pâtes : nous étions dans un restaurant italien. Il m'a dit : « C'est affreux, je vous imagine avec tous ces livres autour de vous, c'est comme si je vous voyais, et je ne vois plus le restaurant. » Il n'a pas pu finir son dîner.

— Et il a promis ?

— Non. Il était si bouleversé que je ne lui ai rien demandé.

— Alors ?

— Alors, j'ai laissé passer les jours. J'ai même pensé à aller à Besançon pour en parler à ma mère. Qu'est-ce qu'elle aurait compris ? Je suppose qu'elle m'aurait dit que c'était la première fois dans la famille, depuis l'âge de la pierre taillée, qu'une fille ne savait pas de qui elle était grosse. Grosse, c'est une façon de parler, ça ne se voyait pas.

Depuis un quart d'heure, il y avait des claquements de tiroirs. Des tables s'éteignaient. Des bonsoirs s'échangeaient. « Activons », pensa Forbin qui s'attendait à être appelé d'une seconde à l'autre chez le patron.

— C'est Alain qui m'a empêchée d'aller à Besançon. Il croyait que j'avais des relations là-bas et que je ferais passer ça sans le lui dire. Il m'a tellement énervée que j'ai fini par lui dire : « Ton gosse, ton gosse, il faudrait d'abord prouver qu'il est de toi. » Il s'est arrêté de me taper dessus en se rappelant que s'il m'assommait c'est parce que j'étais enceinte, et qu'on ne frappe pas les femmes enceintes. Comme il a l'imagination lourde, il s'est mis aussitôt à accuser Philippe. Quand il a su que ce n'était pas Philippe, il a pensé crever. Philippe, encore, il s'y serait fait, prétendait-il. C'était l'homme auquel il m'avait prise. Que dans un instant de remords ou d'attendrissement je lui aie exceptionnellement accordé les faveurs que je lui accordais régulièrement quelques mois plus tôt, ç'aurait été admissible. C'est simple, Philippe devenait son bon copain, son associé dans l'histoire. Je m'étais conduite d'une façon ignoble, non seulement à son égard, mais à l'égard de Philippe. J'avais des devoirs envers le souvenir de cet homme que j'avais salement abandonné pour le premier venu.

C'est vrai, qu'était-il, lui, pour moi, le jour où je l'avais invité à déjeuner, le premier venu ? Ah ! il me voyait sous mon vrai jour, maintenant ! Moi, j'ai cru arranger les choses en lui expliquant que Pierre était mon premier garçon, qu'il avait beaucoup plus compté dans ma vie que Philippe. Et lui, qui était en train d'expliquer que j'avais couché avec tout Paris, tombe des nues une seconde fois sous prétexte qu'il croyait que Philippe avait été mon premier amant. J'ai eu un de ces plaisirs à lui sortir l'histoire de Blaise ! À ce garçon-là, je m'étais donnée encore plus vite qu'à lui. Une demi-heure avait fait l'affaire. Vous comprenez, on ne peut pas pardonner à un homme de vous reprocher de lui avoir cédé trop vite. C'est ce qu'il y a de plus vexant.

— Bref, à la suite de ces révélations, Alain Bergère est devenu partisan de l'intervention ?

— Non, il s'est tiré. Il fallait un volontaire pour remplacer, pendant un mois, notre courtier sur Lyon. Il s'est offert. Il a eu un mot charmant : « Nous reparlerons de tout ça à mon retour, le 15 janvier. » Il me laissait la décision. Je l'avais prise.

C'était le moment de la piquer au jeu, de l'obliger à se justifier et à entrer dans les détails en feignant de mépriser sa conduite.

— Prenez donc un air glorieux, pendant que vous y êtes, dit Forbin. Ah ! c'est joli, ce que vous avez fait là. C'est courageux…

— Oui, c'est courageux.

C'était la petite voix monocorde qui avait donné.

— Non, ce n'est pas courageux. On est d'abord embêtée, on se dit : « Oh ! là, là ! ce n'est pas possible ! » Et puis on prend une drogue sur le conseil d'une petite amie, ou d'une vieille femme de ménage. Après, c'est le roulement à billes. Après les drogues, les piqûres. Après les piqûres, les palabres, les petits secrets, les confidences. On a ingurgité tellement de trucs que ça n'est guère plus difficile de faire appel à un objet de caoutchouc quelconque. On n'est pas une héroïne pour ça. On est une pauvre bête prise au piège qui se secoue dans tous les sens. Jusqu'à ce que ça lâche. On a peur, c'est tout.

— On a peur, mais on agit. La vraie lâcheté c'est, quand un enfant est une catastrophe, de l'attendre avec veulerie en espérant vaguement un miracle. Quand on a l'objet de caoutchouc dont vous parlez si légèrement, quand on l'approche de vous il faut plus de courage pour se laisser faire que pour s'en aller.

— Pourquoi auriez-vous eu peur ? Le docteur Danieli vous inspirait confiance ?

Elle se réveilla. Son visage était brillant de traces de sueur et de traces de larmes. Si elle cachait ses mains dans le pli de sa jupe, c'est que ses ongles étaient devenus sales. Aux limites de l'épuisement, elle venait pourtant de comprendre que le docteur pouvait encore être sauvé.

— Je n'ai jamais dit que c'était lui.

Elle essaya de se redresser, d'aspirer de l'air. Forbin ne la regardait plus, fixant la tache blanche d'un journal qu'au bout de la salle un gardien solitaire avait trouvé sur son banc. Il voulait que les faibles dénégations de Peny se perdissent dans l'indifférence.

— J'ai très bien pu mettre la sonde moi-même.

— Mais non, soupira Forbin avec le détachement à peine agacé d'un homme averti auquel on tient des propos oiseux. Vous avez dit qu'on se laissait faire, qu'on s'était approché, etc.

— On, c'est peut-être un autre médecin, une sage-femme, une amie. Au collège de Besançon j'ai pu connaître un garçon qui prépare sa médecine et qui... ait accepté... par exemple parce qu'il était amoureux de moi.

Forbin rassembla les pièces du dossier, les tapota en refermant la chemise. Il jouait le rôle du fonctionnaire dont le travail est terminé. Il lui restait pourtant à placer le coup. Il appelait ce coup le coup du « Et voilà pourquoi ». Il s'agissait de terrasser le client en lui assénant une phrase qui, en elle-même, n'apportait aucun élément nouveau mais qui opérait comme un coup de poing.

Il se pencha par-dessus la table. Il sourit d'un air méchant.

— On a retrouvé la sonde chez Danieli.

Elle rejeta la tête en arrière.

— Mais il peut avoir agi par humanité... Ou parce qu'il me trouvait malade... et que garder un enfant présentait un danger pour moi.

— Si vous tenez vraiment à aider le docteur, dites la vérité. A-t-il agi par lucre, ou par sensibilité ?

— Par sensibilité !

CHAPITRE XIV

Forbin était allé prendre la machine à écrire sur le bureau de Bastier. Sans se presser, il introduisit des feuilles de papier et du carbone.

— J'ai hâte de vous renvoyer chez vous. Je tape le procès-verbal de votre audition. Vous le signez. Vous attendez une convocation du juge d'instruction. Ne vous faites pas de bile, voilà.

Le cliquetis de la machine couvrit celui d'une autre machine qui, près de la fenêtre, sur la seule table encore occupée, rendait compte des méfaits d'un Nord-Africain assis avec langueur les menottes aux poignets.

— Je laisse tomber toute complicité, expliqua l'inspecteur tout en tapant. Je ne parle ni de Pierre ni d'Alain. Je me borne aux faits simples. Vous êtes enceinte. Vous ignorez quel est le père. Vous suppliez le docteur Danieli qui accepte par bonté d'âme.

La machine les dispensait de parler. Un peu de temps s'écoula.

— Et si je disais que Danieli a accepté par amour, est-ce que ce serait une circonstance atténuante ?

— Par amour ?

Forbin continuait de taper. D'un bref regard, il l'avait seulement invitée à s'expliquer.

— Vous m'auriez demandé ce matin si Danieli m'aimait, je vous aurais répondu : « Mais non ! » Mais depuis ce matin nous ne parlons que de cette histoire, et j'ai eu le temps de réfléchir.

Elle attendait un encouragement. Elle se tenait les yeux baissés, les cuisses serrées, les poings fermés, la bouche entrouverte.

— Il m'aimait. J'aurais dû le comprendre le jour où il s'est arrêté de manger parce qu'il m'imaginait les yeux rougis, assise par terre au milieu de tous ces livres qui ne voulaient pas m'aider. Un autre aurait ri, ou au mieux aurait trouvé ça tout mignon, un peu bête, attendrissant. Songez qu'il a fallu que je le reconduise chez lui. Il s'est étendu sur le divan de cuir de ses malades.

Forbin se rappela l'appartement meublé où campait le médecin. Des meubles noirs, des pianos, une foule de carpettes déchirées, des napperons. Il se souvenait du canapé de cuir. Il imagina ce grand être mince et blême, maladroitement étendu avec cette jeune fille en déroute à ses côtés. Et peut-être les deux petits loulous blancs, sales, que d'après la concierge Danieli aimait comme des enfants, en train de se poursuivre dans les coins.

— Ce qui m'a trompée, c'est qu'il parlait par généralités. Il me disait : « Vous ne pouvez pas savoir combien je suis ému par le cas des jeunes filles. Vous voulez vivre comme des garçons. Vous avez la peau tellement plus douce, et le cœur. Et la nature a voulu que ce soit vous qui trinquiez, les filles. Et vous êtes le sucre du monde. Ah ! c'est difficile, d'être une fille ! » Quand on vous débite des généralités, même en tremblant, on répond par des généralités. J'étais même un peu impatientée. Je lui ai dit : « C'est ça, vous nous plaignez toutes en masse, et quand il y en a une qui a besoin de vous, vous vous défilez ! »

Forbin cessa de taper.

— Et vous ne lui avez pas dit : « Vous avez fait ça pour Ninitza et vous ne le faites pas pour moi ? »

— Ninitza, ça s'est arrangé tout seul. Elle n'a eu qu'à l'appeler après. Et ça, il avait le droit de le faire.

Forbin imagina une amie complaisante donnant un coup de main à Ninitza. La meilleure amie de Ninitza, c'était Hélène. Hélène avait dû s'instruire auprès de Danieli.

— Ninitza, reprit Peny, était amoureuse de Danieli. Personne ne l'a jamais su que Buck, qui me l'a dit. Ninitza aimait trop Hélène pour laisser voir ces sentiments au docteur. Mais quand j'ai eu ma grande séance de réconciliation avec Buck, je lui ai dit : « Tout de même, tu n'as pas été bien pour Ninitza. » Il m'a raconté que le jour de son départ pour Athènes, bien qu'il ne l'aimât plus, il avait essayé de la retenir. Alors, elle lui avait répondu : « Mon pauvre vieux, tu n'as aucune responsabilité dans mon départ. Je veux mettre de l'air entre Danieli et moi, je tiens trop à lui. Et je ne ferai jamais ça à Hélène. » Personne n'aimait Hélène, sauf Ninitza.

— Danieli ne l'aimait pas ?

— Non. Il m'a assuré qu'elle avait mis le grappin sur lui, qu'il avait été bien content de savoir qu'elle le trompait, parce que ça lui avait donné l'occasion de rompre doucement.

— Et vous croyez que Danieli vous aimait ?

— Je le crois maintenant. Buck, lui, y a pensé tout de suite. Ce terrible 5 janvier, Buck ne m'a pas quittée. Le pauvre, il faisait ce qu'il pouvait. Il avait l'impression de me sauver quand il mettait une tisane à chauffer. Il me lisait le journal en changeant tout ce qui était triste, de sorte que les Russes et les Américains étaient d'accord pour renoncer à la bombe et devenir copains, que les suicidés en réchappaient tous et se déclaraient très épris de la vie, que les escrocs indemnisaient leurs victimes et s'excusaient d'une façon si gentille que les autres retiraient leur plainte... À un moment, je lui ai dit : « Tu vas voir, Danieli ne va pas venir. » Je ne bougeais plus dans le fond de mon lit parce que le sang c'est gras et ça me dégoûtait de sentir ça contre ma peau. Et Buck m'a dit : « Voyons, il viendra, il est fou de toi. Ça se voit comme le nez au milieu du visage. »

Elle ajouta :

— C'est vrai que ça se voyait, mais je ne voulais pas le voir. Parce que être enceinte sans savoir de qui, c'est déjà dépaysant mais se faire rendre le service que Danieli me rendait par un homme qui est amoureux de vous, c'est insupportable ! Mais j'y pensais malgré moi. Dans la nuit, ma fièvre a baissé et je me suis réveillée brusquement. Je me suis levée et j'ai été regarder par la fenêtre. On y voyait parce que les toits étaient couverts de neige. Buck a sursauté dans son fauteuil. Il m'a demandé ce que je faisais. Je lui ai répondu : « Je pense à Danieli, tout seul dans son capharnaüm avec ses deux petits chiens blancs. Qu'est-ce qu'il attend ? » Buck a grogné que je radotais et m'a fait recoucher. Et pourtant, c'était vrai, Danieli a la tête de quelqu'un qui reste dans sa chambre, et qui n'attend rien.

— Il vous a fait la cour ?

— Il a été gentil, mais il ne m'a jamais fait la cour. Je n'ai rien eu à lui refuser.

— Et s'il avait demandé ?

— J'aurais dit non. Son nez me déplaisait, son nez crochu. Mais ça n'était rien le nez encore. Sa peau me hérisse, qu'est-ce que vous voulez que j'y fasse ! Il a une peau de souris.

— De souris ?

— Les petites souris qu'on trouve à la campagne sous des fagots, ou dans le cellier, qui n'ont pas encore de poil. On les ébouillante. Qu'il ait de belles dents, de belles lèvres, de beaux yeux, une peau pareille, ça me suffit, je ne pourrais pas. Et puis, même par reconnaissance, on ne doit pas coucher avec un homme dont on n'ait pas vraiment envie. Pour moi, c'est la seule règle. Je coucherais avec vingt garçons dont j'ai envie, je serais peut-être un peu affolée. Mais si je couchais une seule fois avec un garçon dont je n'ai pas envie, je me considérerais comme une roulure.

L'inspecteur pensa à Philippe Caze, ne répondit rien et se remit à taper. Son rival s'était arrêté et le Nord-Africain, d'un pas lent, les poignets brillants, traversait la salle pour aller se mettre à la disposition de l'agent.

— Et Alain Bergère ? demanda l'inspecteur sans lever le nez. Qu'est-ce qu'il a dit en rentrant ?

— Je me suis amusée, pendant une heure, à ne lui parler de rien. C'est lui qui m'a questionnée, enfin. Je lui ai dit que j'avais eu un accident et que c'était fini. J'étais heureuse qu'il y ait un mensonge grave entre nous. Il avait fui. Il était indigne de savoir que j'avais souffert. Et comme je n'étais pas remise, j'avais une bonne raison pour qu'il ne me touche pas.

— Ce n'est pas une raison qui peut valoir pendant des mois...

— Maintenant, nous avons recommencé, mais pour mieux nous arrêter. Je le garde comme une compagnie, en attendant mieux. Il y a des soirs où il est charmant, vous savez.

— En attendant qui ?

— Je ne sais plus très bien. Les événements... Pendant trois mois j'étais dégoûtée de tout, d'ailleurs, y compris des hommes. Mais je me réveillais quand j'ai reçu votre convocation.

L'inspecteur retira ses feuilles, isola les carbones, les classa.

— Vous n'avez pas revu Pierre ?

— Il est passé en fin décembre, pour Noël. Il m'a téléphoné. J'étais en plein toutim. Je l'ai envoyé promener. Le 6 janvier, le lendemain de ma nuit, j'ai reçu une boîte de loukoums avec une carte de lui illustrée de petits sapins comme on en fait maintenant. J'ai donné les loukoums à Buck, qui les a donnés à sa nouvelle conquête, une femme mariée, qui a raconté à son mari qu'on les lui avait donnés en prime au Printemps.

L'inspecteur s'alluma une cigarette puis tendit le procès-verbal à Peny.

— Vous n'avez plus qu'à le relire et à le signer.

Il se rappelait l'horreur qu'elle avait montrée quand il avait voulu pour la première fois lui faire signer un papier. Elle était démontée maintenant. Ses épaules avaient lâché. Forbin en était fatigué pour elle. Il se cambra comme pour rendre un peu de ligne à la colonne vertébrale de Peny.

Elle lisait. La grande salle était silencieuse. Forbin prit le petit bout de papier sur lequel il avait marqué les noms des amants de Peny. Il le bouchonna et le jeta dans la corbeille.

— C'est inique, dit Peny.

Elle tenait le procès-verbal à deux mains. Elle parlait en le regardant, en continuant de le lire. Elle avait les lèvres grises de quelqu'un qui a mal dormi. Seuls, les beaux yeux s'étaient réveillés.

— Au nom de quoi, demanda-t-elle, une société qui ne croit plus en Dieu interdirait-elle à une femme de prendre elle-même ses décisions dans un domaine qui ne regarde qu'elle ? J'ai raison de vivre comme je vis. Dans les circonstances où je me suis trouvée, j'ai eu raison de faire ce que j'ai fait. Et celui qui m'a aidée est un être bon.

Forbin avait à sa disposition l'éternelle phrase par laquelle la bataille finie, ayant dépensé toute sa sympathie, il se tirait du jeu.

— Ma pauvre vieille, nous autres nous ne sommes pas ici pour apprécier les lois ni les personnes, mais pour constater ou dé... montrer des délits.

Il lui tendit le stylo. Elle signa. Il lui rappela la formule. Elle l'écrivit. Il lui indiqua l'emplacement d'un paraphe supplémentaire. Elle parapha.

Sa tête s'écroula entre ses bras sur la table devant laquelle elle avait été assise si longtemps. « Nous sommes là, pensait Forbin, pour appliquer les lois, quelles qu'elles soient. Nous sommes comme le contrôleur du gaz qui répond : “Peut-être bien que vous avez raison mais moi, ça ne me regarde pas, moi je ne suis pas la compagnie.”» Alors comment se faisait-il que les lois changeassent à la longue ? Où étaient-ils ceux qui pesaient sur le grand appareil mort, et le faisaient céder ? À quelques centaines de kilomètres des bureaux de la P.J. le délit qui l'avait occupé toute la journée n'existait pas. À dix ans d'ici, il n'existerait peut-être plus. Mais ici, aujourd'hui, il existait. Et Forbin était là pour faire respecter ce qui existait.

Il s'était levé, se demandant si Peny dormait ou pleurait. Comme il contournait la table, elle entendit son pas et souleva la tête.

— S'ils mettent Danieli en prison, il ne tiendra pas le coup.

Il se retourna vers la porte.

— Oui, je viens !

Et comme il l'avait déjà dit le matin, en plein soleil :

— Une seconde…

CHAPITRE XV

Le patron avait déjà mis son pardessus.

— On m'a dit que vous étiez encore là, Forbin. C'est pas pour l'affaire Danieli ?

— Si justement…

Il allait annoncer qu'il avait obtenu les aveux complets de Claude-Andrée-Pénélope Racan.

— Inutile, trancha l'autre. Danieli s'est tué.

Devant une petite glace fixée à la porte, le commissaire nouait et dénouait son foulard de soie pour lui faire prendre les plis les plus seyants.

— Où est-ce qu'on l'a retrouvé ? demanda Forbin.

— Il n'avait pas quitté Paris, il avait juste fait semblant. Cet après-midi il s'est mis à la recherche de la petite Racan. Il savait qu'on l'interrogeait. À son hôtel, il a su qu'elle était toujours à la P.J. Il n'a rien dit. Il est allé à la radiodiffusion et il a causé pendant un quart d'heure avec une nommée Hélène Delmas. À cinq heures et demie un gardien de la circulation a été appelé par la rumeur publique et a fait conduire le type, qui était en train de râler sur un banc du boulevard Saint-Germain, à l'hôpital Necker. C'était Danieli. Il s'était empoisonné. Il est mort tout de suite après le lavage d'estomac.

Ayant réglé le problème du foulard, le commissaire offrit une cigarette à Forbin et conclut :

— Nous avions eu dans l'après-midi un dossier assez complet sur Danieli. Une mauvaise affaire, il y a trois ans, dans l'hôpital où il était. Trafic de coco. Pas de preuves contre lui. On avait fini par penser qu'il ne la revendait pas mais qu'il s'en servait à son propre usage. Ce qu'il a dit avant de mourir le confirme. Il voulait filer en Corse où il avait un copain, un type d'Europe centrale, comme lui. Et puis, je ne sais pas, il s'est peut-être dit qu'il ne trouverait pas de cocaïne, là-bas.

— Alors, qu'est-ce qu'on fait ?

— Tout le monde est d'accord pour qu'on classe. La culpabilité de Danieli n'est pas absolument prouvée. On dira que nous avons fait tellement peur à ce pauvre type, qui n'avait peut-être rien fait du tout, qu'il s'est suicidé dans une crise de dépression. Et puis il n'est jamais intéressant de poursuivre une affaire aussi banale que celle-là quand l'action est éteinte contre le délinquant principal.

Ayant enfin trouvé son fume-cigarette, le commissaire accepta le feu que lui offrait Forbin. Du bureau voisin, une voix inintelligible, scandée, parvenait à intervalles réguliers : le commissaire Ancel récitait son poème du jour.

— D'autant que la dénonciatrice s'est présentée.

— C'est Hélène Delmas, la speakerine ?

— Ah ! vous aviez trouvé ça ? Oui, c'est elle. Elle est revenue sur les termes de sa lettre. Elle s'est accusée d'avoir tout inventé. Elle a fait cette démarche après la visite de Danieli, à la radio.

— Et pourquoi l'avait-elle dénoncé ?

— À cause de la petite Racan. C'était à elle qu'elle en voulait. Il paraît que c'est une affamée, la petite Racan. Elle lui aurait fauché successivement les deux hommes de sa vie, un type qui a un nom de bergère… ben oui, c'est ça, il s'appelle Bergère, et Danieli ensuite. Alors, avec sa lettre, Hélène Delmas liquidait leur compte à la petite Racan, à Danieli et à Bergère. Et puis quand elle a vu l'état de Danieli, elle s'est affolée et elle est venue.

— Dans quel état était-il donc ?

— La phase de dépression. Il lui a dit : « Tout ça, c'est très bien, c'est inespéré. »

— Il n'a pas parlé de la petite Racan ?

— Non.

— Et avant de mourir non plus ?

— Pas que je sache.

Le commissaire avait ouvert la porte.

— Alors, autant pour les crosses, acheva-t-il. Vous avez perdu votre journée pour rien, Forbin. On laisse tomber et on n'en parle plus. Bonsoir.

Par habitude, Forbin regagnait son bureau d'un pas rapide et ferme, qui sonnait dans le couloir désert. Il pensait à Peny rentrant seule dans les rues de Besançon, au bruit de ses talons sur les pavés qu'elle traduisait en applaudissements.

— Eh !

Derrière la grille, Forbin reconnut la grimace de Tonio.

— Croyez-vous ! Je suis encore là. Ils veulent faire une manille avec moi cette nuit. Ah ! quand ça les tient, la curiosité, les poulets !

Forbin fouilla dans sa poche. Il savait ce que Tonio allait dire :

— Y me les ont pas rendues, mes cigarettes.

L'inspecteur lui en passa trois entre les volutes de la grille. Par politesse, il lui demanda :

— Qu'est-ce que tu as fait, cette fois-ci ?

— Vol de poulets, répondit Tonio en riant.

C'était son éternelle plaisanterie. Elle n'admettait qu'une seule variante : « Délit de braconnage. » Forbin se mit à rire à son tour. Que Tonio garde son histoire pour lui, il en avait suffisamment entendu, aujourd'hui, des histoires.

Il s'attendait à trouver Peny contre la fenêtre. Elle était toujours assise devant la table, les coudes posés sur le bord, les poings fermés, le menton dans les poings, l'air dur et regardant fixement devant elle. « Est-ce que je lui apporte une bonne ou une mauvaise nouvelle ? » se demanda Forbin.

Pour s'asseoir, il passa dans le regard de Peny. Elle ne broncha pas. Il se mit à rassembler ses papiers. Tous deux pouvaient rester l'un en face de l'autre, plusieurs minutes, sans se parler. Ils en étaient arrivés à ce degré d'intimité où les silences ne sont plus des pannes auxquelles il faut remédier aussitôt sous peine de gêne.

Forbin rangea en dernier le procès-verbal signé par Peny, le procès-verbal inutile. Puis il lia le dossier, lui donna une tape et, n'ayant pas réussi à éveiller l'intérêt de la jeune fille, claqua du doigt.

— C'est fini.

Il se leva. Peny, machinalement, se redressa, reprit plus fermement en main son sac, tira un peu sur les revers de son tailleur.

— L'affaire est réglée. Vous n'irez pas chez le juge d'instruction. On ne vous parlera plus jamais de ça.

Au bout de quelques secondes, elle demanda :

— C'est vrai ?

Elle n'était même pas joyeuse. Elle regardait Forbin qui acquiesçait avec la tête.

— C'est fini pour tout le monde, insista-t-elle. Pour Danieli aussi ?

— Danieli est mort.

Peny, debout, ankylosée, cherchant son équilibre sur des jambes molles, n'admit pas tout de suite la mort de Danieli.

— Qui est mort ?

— Danieli ! cria Forbin avec impatience. Il s'est empoisonné cet après-midi.

Il en avait assez de cette histoire, lui. L'envie le prenait de pousser Peny dehors par les épaules. Bien que le visage de la jeune fille n'eût pas bougé, il suivait le mouvement de ses sentiments et s'en irritait.

— Ah ! non, dit-il, ça suffit, ça va comme ça ! Nous n'allons pas recommencer. Danieli s'est tué dans une crise de dépression. Il se droguait. Quand on se drogue, un rien suffit à vous remplir la tête. Voilà pourquoi il ne pouvait plus avaler une bouchée quand vous lui disiez que vous aviez relu votre bibliothèque. Il ne vous aimait pas. Les drogués ne savent pas ce qu'ils aiment. Rentrez chez vous.

Pour l'orienter vers la porte, il lui mit la main sur l'épaule, puis pesa doucement. Elle se laissa faire et se mit à marcher. Brutalement, avec un ressort qui sentait la crise de nerfs, elle se déroba, esquivant son épaule et creusant les reins. C'était le « ne me touchez pas » avec un point d'exclamation dessiné par tout le corps.

Et elle courut. La porte battit derrière elle. Le gardien oublié leva la tête. Forbin reportait la machine à écrire sur le bureau de Bastier.

Il décrocha son trench-coat. L'ayant passé, il sortit son paquet de cigarettes. Le paquet était vide. Sans le savoir, il avait donné tout son bien à Tonio. Il mesura sa fatigue à la question qu'il se trouva dans la tête : « Est-ce que Tonio fait bien l'amour ? » Quel chiffre lui aurait donné Claude-Andrée-Pénélope Racan ?

Il fit encore quelques pas vers la fenêtre. L'humidité nocturne veloutait les quais. Dans les ténèbres, le restaurant Lapérouse, par les fentes de ses rideaux, brillait comme un yacht. Sur le quai, une voiture de la préfecture fit donner ses phares. Une tranchée jaune s'ouvrait devant elle où Forbin aperçut, rangée le long du trottoir, une petite Citroën ridicule avec des damiers sur le capot, et des scènes champêtres sur ses flancs, peintes à la sicilienne. Le copain était venu.

La petite de Poitiers. La première fille qu'ait connue Forbin. Quand elle avait appris qu'il s'engageait pour l'Afrique, elle ne l'avait même pas mis au courant de la situation. Il ne l'avait su que plus tard, par l'amie qui l'avait aidée. Elle n'avait pas fait d'histoires.

– FIN –

LA PETITE VERMILLON

Dernières parutions

219. Régis Debray	*Journal d'un petit bourgeois entre deux feux et quatre murs*
220. André Dhôtel	*Rimbaud et la révolte moderne*
221. Chantal Delsol	*Le Souci contemporain*
222. Gabriel Matzneff	*Mamma, li Turchi !*
223. Jean-Paul Caracalla	*Petite anthologie de la poésie ferroviaire*
224. Andrés Trapiello	*D'un vaisseau fantôme*
225. Angélique de Saint Jean Arnaud d'Andilly	*Aux portes des ténèbres*
226. G.-E. Clancier	*L'Éternité plus un jour*
227. Ferdinand Alquié	*Leçons sur Descartes*
228. Ferdinand Alquié	*Leçons sur Kant*
229. Jacques Perret	*Articles de sport*
230. Richard Millet	*Un balcon à Beyrouth*
231. José Sarney	*Au-delà des fleuves*
232. Denis Tillinac	*L'Été anglais*
233. Jean-Paul Caracalla	*Montparnasse. L'Âge d'or*
234. René Schérer	*Zeus hospitalier*
235. Georges Gusdorf	*Les Révolutions de France et d'Amérique*
236. Ferdinand Alquié	*Qu'est-ce que comprendre un philosophe*
237. Michel Maffesoli	*Éloge de la raison sensible*
238. Gemma Salem	*Thomas Bernhard et les siens*
239. Gabriel Matzneff	*L'Archimandrite*
240. Balzac	*Sur Catherine de Médicis*
241. Raymond Dumay	*La Mort du vin*
242. Alexandre Najjar	*L'École de la guerre*
243. Frédéric H. Fajardie	*Un pont sur la Loire*
244. Jean Baechler	*Les Phénomènes révolutionnaires*
245. Sainte-Beuve	*Mes poisons*
246. Jacques Ellul	*L'Idéologie marxiste chrétienne*
247. Vladimir Dimitrijevic	*La vie est un ballon rond*
248. Patrice Delbourg & Benoît Heimermann	*Plumes et crampons*
249. Robert Margerit	*Mont-Dragon*
250. Denis Lalanne	*Rue du Bac*

251. Hélène Strohl	*Un amour menaçant*
252. Lucien Becker	*Rien que l'amour*
253. Gabriel Matzneff	*Boulevard Saint-Germain*
254. Pierre Rey	*Bleu Ritz*
255. Pierre Magnard	*Le Dieu des philosophes*
256. Hervé Gaymard	*Pour Malraux*
257. Michel Maffesoli	*Au creux des apparences*
258. Balzac	*Adieu. • Les Marana. • Le Réquisitionnaire*
259. Jean-Paul Caracalla	*Montmartre. Gens et légendes*
260. Jean-Paul Kauffmann	*Raymond Guérin, 31, allées Damour*
261. France Quéré	*La Famille*
262. Olivier Frébourg	*Roger Nimier, trafiquant d'insolence*
263. Richard Millet	*L'Amour mendiant*
264. Pierre Gripari	*Pierrot la lune*
265. Françoise de Maulde	*Petits États d'Amérique*
266. Marc-Édouard Nabe	*L'Âme de Billie Holiday*
267. Jean Cau	*Croquis de mémoire*
268. Antoine Blondin	*Les Enfants du bon Dieu*
269. Denis Tillinac	*Elvis, balade sudiste*
270. Jean-Baptiste Baronian	*Panorama de la littérature fantastique de langue française*
271. Jean-Henri Fabre	*Le Scarabée*
272. Olivier Barrot	*Je ne suis pas là*
273. Chantal Delsol	*Éloge de la singularité*
274. Philippe Lacoche	*Le Pêcheur de nuages*
275. Dominique de Roux	*La Mort de L.-F. Céline*
276. Alexandre Najjar	*Le Silence du ténor*
277. Pol Vandromme	*Bivouacs d'un hussard*
278. Jean-Paul Caracalla	*Saint-Germain-des-Prés*
279. Stéphane Martinez	*Slam entre les mots*
280. Patrice Lelorain	*La Légende de Muhammad Ali*
281. Alain Saint-Ogan	*Je me souviens de Zig et Puce*
282. Gabriel Matzneff	*Comme le feu mêlé d'aromates*
283. Pierre Joannon	*Michael Collins. Une biographie*
284. Jean Freustié	*Ne délivrer que sur ordonnance. L'Entracte algérien*
285. Jean Anouilh	*Pièces brillantes*
286. Jean Anouilh	*Pièces grinçantes*
287. Jean Anouilh	*Pièces roses*
288. Jean Anouilh	*Pièces noires*
289. Jean Anouilh	*Pièces costumées*
290. Jean Anouilh	*Nouvelles Pièces grinçantes*
291. Jean Anouilh	*Pièces baroques*
292. Jean Anouilh	*Pièces secrètes*
293. Jean Anouilh	*Pièces farceuses*

294. Jean-Luc Coatalem	*Suite indochinoise*
295. Sébastien Lapaque	*Court Voyage équinoxial*
296. Olivier Frébourg	*Souviens-toi de Lisbonne*
297. Francis Huger	*Les Fadas de la pétanque*
298. Michel Bernanos	*La Montagne morte de la vie*
299. Louis Nucéra	*Le Roi René*
300. Jean Anouilh	*Antigone*
301. Charles Le Quintrec	*Poètes de Bretagne*
302. Frédéric Musso	*Un pékin en Chine*
303. Pierre-Louis Basse	*Séville 82*
304. François Bott	*Gina*
305. M. Constantin-Weyer	*L'Âme du vin*
306. Kilien Stengel	*Poètes de la bonne chère*
307. Patrice Franceschi	*La Dernière Manche*
308. Jean-Pierre Martinet	*L'Ombre des forêts*
309. Jacques Sternberg	*La Boîte à guenilles*
310. John Steinbeck	*Il était une fois une guerre*
311. Jacques Ellul	*Ellul par lui-même*
312. Jacques Ellul	*Autopsie de la révolution*
313. Xavier Patier	*La Foire aux célibataires*
314. John Tittensor	*La Croisade de Carmody*
315. William Cliff	*Autobiographie* suivi de *Conrad Detrez*
316. Kléber Haedens	*Poésie française*
317. Jean Cau	*Proust, le chat et moi* précédé de *L'Enfance de l'art*
318. Jean-Paul Caracalla	*Champs-Élysées. Une histoire*
319. Jérôme Leroy	*Monnaie bleue*
320. Hervé Prudon	*Banquise*
321. Olivier Barrot	*Je ne suis pas là* (2)
322. Jean-Luc Coatalem	*Mission au Paraguay*
323. Georges Bernanos	*Brésil, terre d'amitié*
324. Tom Neale	*Robinson des mers du Sud*
325. Julia Strachey	*Drôle de temps pour un mariage*
326. Alberto Arbasino	*Les Petites Vacances*
327. Raymond Dumay	*De la gastronomie française*
328. Claudine Brécourt-Villars	*Mots de table, mots de bouche*
329. Guy Dupré	*Les fiancées sont froides*
330. Jean-Claude Perrier	*Le rap. Dix ans après*
331. Valérie Rouzeau	*Pas revoir* suivi de *Neige rien*
332. François Bott	*Écrivains en robe de chambre*
333. Maurice Genevoix	*Rroû*
334. Jean Rolin	*La Ligne de front*
335. Jean Rolin	*Journal de Gand aux Aléoutiennes*
336. Jack London	*La Croisière du Snark*
337. Alain Dugrand	*Belize*
338. Michel Erman	*Le Bottin proustien*

339. Robert Giraud — *L'Argot du bistrot*
340. Sébastien Lapaque — *Chez Marcel Lapierre*
341. Frédéric Berthet — *Daimler s'en va*
342. Alexandre Najjar — *Le Censeur de Baudelaire*
343. Curzio Malaparte — *Monsieur Caméléon*
344. Maurizio Serra — *Les Frères séparés*
345. Jacques Ellul — *De la révolution aux révoltes*
346. Béatrice Fontanel — *Tentacules et Manivelles*
347. Marcel Thiry — *Tous les grands ports ont des jardins zoologiques*
348. Jorge Gimeno — *Mon Âme, il faut partir*
349. Jean Rolin — *Campagnes*
350. F.E. Raynal — *Les Naufragés des Auckland*
351. Michel Déon — *Tout l'amour du monde*
352. John Hopkins — *Carnets de Tanger (1962-1979)*
353. Frédéric H. Fajardie — *Des petites fleurs rouges devant les yeux*
354. Robert Giraud — *L'Argot d'Éros*
355. Michel Erman — *Le Bottin des lieux proustiens*
356. Soth Polin — *L'Anarchiste*
357. Grimod de La Reynière — *Variétés gourmandes*
358. Sandrine Fillipetti — *Les Mets par le menu*
359. Maurice Genevoix — *La Mort de près*
360. Antoine Blondin — *L'Humeur vagabonde*
361. Jacques Ellul — *La Pensée marxiste*
362. François Bott — *Le Cousin de la marquise*
363. Didier Tronchet — *Vertiges de Quito*
364. Olivier Barrot — *Je ne suis pas là* (3)
365. Jean Rolin — *Vu sur la mer*
366. William Henry Hudson — *Terre pourpre*
367. Jack Kerouac — *Le Livre des haïku*
368. Jean-Paul Caracalla — *En remontant le boulevard*
369. Roger Nimier — *Le Palais de l'ogre*
370. M. l'A.D.L.G. — *La Femme vertueuse*
371. Godard d'Aucourt — *Thémidore*
372. Jean Anouilh — *Eurydice*
373. Olivier Renault — *Rouge Soutine*
374. Alexandre Najjar — *Le Roman de Beyrouth*
375. Olivier Barrot & Pascal Ory — *La Revue blanche*
376. Frédéric Berthet — *Paris-Berry*
377. Frédéric Berthet — *Felicidad*
378. Jean de La Ville de Mirmont — *Les Dimanches de Jean Dézert* suivi de *L'Horizon chimérique & autres poèmes • Contes*
379. Jacques Ellul — *Pour qui, pour quoi travaillons-nous ?*

380. Collectif	*Hériter d'Ellul*
381. Guy Dupré	*Le Grand Coucher*
382. Jean Rolin	*Chemins d'eau*
383. W. Somerset Maugham	*Il suffit d'une nuit*
384. W. Somerset Maugham	*Le Grand Écrivain*
385. Michel Erman	*Marcel Proust. Une biographie*
386. Molly Keane	*Fragiles Serments*
387. Molly Keane	*L'Amour sans larmes*
388. Courtine	*Simenon & Maigret passent à table*
389. Pierre Loti	*Soldats bleus*
390. Collectif	*Prix du portrait Françoise Giroud 2014*
391. Jacques Ellul	*La Parole humiliée*
392. Jacques Ellul / Patrick Chastenet	*À contre-courant*
393. Norbert Casteret	*Édouard-Alfred Martel explorateur du monde souterrain*
394. Dante	*L'Enfer*
395. Jérôme Soligny	*Je suis mort il y a vingt-cinq ans*
396. Curzio Malaparte	*Journal d'un étranger à Paris*
397. Alain Dugrand	*Conrad, la vie à la mer*
398. Molly Keane	*Les St. Charles*
399. Denis Tillinac	*Juste un baiser*
400. Michel Bernard	*Mes Tours de France*
401. Oscar Coop-Phane	*Demain Berlin*
402. Jean Freustié	*Isabelle* ou *L'arrière-saison*
403. Patrick Besson	*Puta madre*
404. Jacques Ellul	*La Foi au prix du doute*
405. Jacques Ellul	*Changer de révolution*
406. Olivier Renault	*Bonnard, jardins secrets*
407. Jérôme Leroy	*Les Jours d'après*
408. Valérie Rouzeau	*Va où*
409. François Bott	*Aphorismes pour l'autobus et le métro*
410. Claude Roulet	*Tout sur le Ritz !*
411. Antoine Blondin	*L'Europe buissonnière*
412. Graham Greene	*Routes sans lois*
413. William Makepeace Thackeray	*Samuel Titmarsh et le grand diamant des Hoggarty*
414. Andrés Trapiello	*Les Cahiers de Justo García*
415. Nathanael West	*Un bon million !*
416. Michel Bernard	*Les Forêts de Ravel*
417. Lorenza Foschini	*Le Manteau de Proust*
418. Michel Erman	*Bottins proustiens*

419. Lucien Daudet — *Le Prince des cravates*
420. Jérôme Leroy — *La minute prescrite pour l'assaut*
421. Jérôme Leroy — *Comme un fauteuil Voltaire dans une bibliothèque en ruine*
422. Ferdinand Alquié — *Descartes, l'homme et l'œuvre*
423. Ferdinand Alquié — *Malebranche et le rationalisme chrétien*
424. Michel Ohl — *Petites Scènes de la vie en papier*
425. Jean-Pierre Ohl — *Monsieur Dick ou Le dixième livre*
426. Kââ — *La Princesse de Crève*
427. A.D.G. — *La Nuit myope*
428. Hervé Prudon — *La Langue chienne*
429. Serge Quadruppani — *Le Sourire contenu*
430. Frank O'Connor — *Les Hôtes de la nation*
431. Aldous Huxley — *Des Caraïbes au Mexique*
432. Jacques Lacarrière — *Chemin faisant*
433. Didier Pourquery — *L'Été d'Agathe*
434. John Hopkins — *Dans les montagnes chinoises*
435. Hans Ormund Bringolf — *Feu le lieutenant Bringolf*
436. Fred Pasley — *Al Capone le Balafré*
437. Jack Kerouac — *Pic*
438. Régis Messac — *Quinzinzinzili*
439. Miles Davis / Quincy Troupe — *Miles Davis : l'autobiographie*
440. José Louis-Bocquet / Philippe Pierre-Adolphe — *Rap ta France*
441. Jean-Claude Perrier — *Les Mystères de Saint-Exupéry*
442. Manuel Chaves Nogales — *Le Double Jeu de Juan Martínez*
443. Michel Bernard — *Deux remords de Claude Monet*
444. Jean Rolin — *La frontière belge*
445. Bruno Fuligny — *L'Affreux du Panthéon*
446. Ferdinand Alquié — *Solitude de la Raison*
447. Jacques Ellul — *Les Classes sociales*
448. Christian Bachelin — *Soir de la mémoire*
449. Michel Bulteau — *Le Club des longues moustaches*
450. Jacques Laurent — *Une sacrée salade*
451. Kââ — *Il ne faut pas déclencher les puissances nocturnes et bestiales*
452. Séverine Chevalier — *Recluses*
453. Gérard Guégan — *Le Sang dans la tête*

Cet ouvrage a été achevé d'imprimer par Maury, à Malesherbes, en février 2018 pour le compte des Éditions La Table Ronde

Dépôt légal : mars 2018.
N° d'édition : 331504.
ISBN 978-2-7103-8736-7.
ISSN : 1160-3100.
N° d'impression : 225334.

Imprimé en France